Las horas subterráneas

Delphine de Vigan

Las horas subterráneas

Traducción de Juan Carlos Durán

EDITORIAL ANAGRAMA
BARCELONA

Título de la edición original:
Les heures souterraines

Ilustración: foto © Maria Jou Sol

Primera edición: octubre 2022

Diseño de la colección: Julio Vivas y Estudio A

ISBN: 978-84-339-7648-2
Depósito Legal: B. 15157-2022

Printed in Spain

Liberdúplex, S. L. U., ctra. BV 2249, km 7,4 - Polígono Torrentfondo
08791 Sant Llorenç d'Hortons

A Alfia Delanoe

Se ven cosas minúsculas que brillan,
son personas dentro de camisas
como durante estos siglos de la larga noche
en el silencio y en el ruido.

GÉRARD MANSET, *Como un lego*

La voz atraviesa el sueño, ondea por la superficie. La mujer acaricia las cartas puestas boca arriba sobre la mesa, repite varias veces, con ese tono suyo de certeza: «El 20 de mayo, su vida va a cambiar.»

Mathilde no sabe si todavía está soñando o ya está viviendo ese día, echa un vistazo a la hora de la radio despertador: son las cuatro de la madrugada.

Lo ha soñado. Ha soñado con esa mujer que visitó hace algunas semanas, una vidente, sí, eso es, sin chal ni bola de cristal, pero aun así una vidente. Cruzó todo París en metro, se sentó detrás de un grueso cortinaje, en la planta baja de un edificio del distrito dieciséis, le dio ciento cincuenta euros para que le leyese la mano e interpretase las cifras relacionadas con su vida, fue allí porque no contaba con nada más, ni siquiera tenía un rayo de luz hacia el que dirigirse, ni un verbo que conjugar, ni la perspectiva de un después. Fue porque a algo hay que agarrarse.

Se marchó con el bolsito balanceándose en su antebrazo y esa predicción ridícula, como si estuviera inscrita en las líneas de la palma de su mano, en su hora de nacimiento o en las ocho letras de su nombre, como si pudiera notarse a simple vista: un hombre el 20 de mayo. Un hombre, en aquel momento crucial de su vida, que la liberaría. Sí, se puede tener estudios de posgrado en econometría y estadística aplicada y consultar a una vidente. Unos días más tarde consideró que había tirado ciento cincuenta euros por la ventana, sin más, eso es lo que pensó mientras marcaba con un trazo rojo los gastos del mes sobre el extracto de su cuenta corriente, y se dijo a sí misma que le importaba un bledo ese 20 de mayo, y todos los días también, a ese ritmo qué más daba.

El 20 de mayo quedó como una vaga promesa, suspendida en el vacío.

Es hoy.

Hoy, algo podría pasar. Algo importante. Un acontecimiento que cambiaría el curso de su vida, un punto de inflexión, una cesura, inscrita desde hace varias semanas con tinta negra en su agenda. Un acontecimiento mayúsculo, esperado como un salvamento en alta mar.

Hoy, el 20 de mayo, porque ya ha llegado al límite, al límite de lo soportable, al final de lo humanamente soportable. Está escrito en el orden del mundo. En el cielo líquido, en la conjunción de los planetas, en la vibración de los números. Está escrito que hoy ha llegado exactamente allí, al punto de no retorno, allí donde ya nada normal puede modificar el curso de las horas, allí donde nada puede pasar que amenace el conjunto, que lo cuestione todo. Tiene que pasar algo. Algo excepcional. Para salir de allí. Para que se detenga.

En unas semanas se imaginó de todo. Lo posible y lo imposible. Lo mejor y lo peor. Sería víctima de un atentado: en medio del largo pasillo entre el metro y el tren de cercanías explotaría una potente bomba que arrasaría todo. Su cuerpo pulverizado quedaría esparcido por el aire cargado de las mañanas en la hora punta, por las cuatro esquinas de la estación... y más tarde encontrarían trozos de su vestido de flores y de su abono de transporte. O se rompería el tobillo, resbalaría de forma estúpida sobre una superficie grasa como las que hay que evitar, brillando sobre las baldosas claras; o tropezaría en lo alto de la escalera mecánica y, al caerse, se dislocaría una pierna, habría que llamar a los bomberos, operarla, colocarle placas y tornillos, inmovilizarla durante meses; o sería secuestrada por error, en pleno día, por un grupúsculo desconocido. O conocería a un hombre, en el vagón o en el café de la estación, un hombre que le diría: «Señora, no puede usted continuar así, deme la mano, cójase de mi brazo, dé media vuelta, deje su bolso, no se quede de pie, siéntese a esa mesa, se acabó, ya no irá más, ya no es posible, va usted a luchar, vamos a luchar, yo estaré a su lado.» Un hombre o una mujer, al fin y al cabo, importa poco. Alguien que comprendiera que ella ya no puede ir, que cada día que pasa pierde su sustancia, pierde lo esencial. Alguien que le acariciase la mejilla o el pelo, que murmurase como para sí mismo: «Cómo ha logrado usted aguantar tanto tiempo, con qué valor, con qué recursos.» Alguien que plantara cara. Que levantara la voz. Que se encargara de ella. Alguien que la obligara a bajarse en la estación anterior o se sentara frente a ella en el fondo de un bar. Que viera pasar las horas en el reloj colgado de la pared. A mediodía, él o ella sonreiría y le diría: «Ya está, se acabó.»

Es de noche, la víspera de ese esperado día, a su pesar; son las cuatro de la madrugada. Mathilde sabe que no volverá a dormirse, se sabe el guión de memoria, las posturas que va a adoptar una tras otra, la respiración que intentará pausar, la almohada que tratará de encajar bajo la nuca. Y después acabará encendiendo la luz, cogerá un libro que no atrapará su interés y mirará los dibujos de sus hijos colgados en las paredes, para no pensar, para no anticipar la jornada,

no verse bajar del tren,
no verse decir hola con ganas de gritar,
no verse entrar en el ascensor,
no verse avanzar a pasos sordos por la moqueta gris,
no verse sentada detrás de esa mesa de despacho.

Estira sus miembros uno por uno, tiene calor, el sueño está todavía allí, la mujer le sostiene la palma de la mano vuelta hacia el cielo, repite por última vez: el 20 de mayo.

Hace tiempo que Mathilde ha perdido el sueño. Casi todas las noches la despierta la angustia, a la misma hora, sabe en qué orden va a tener que contener las imágenes, las dudas, las preguntas, se sabe de memoria el recorrido del insomnio, sabe que va a darle vueltas a todo desde el principio, cómo empezó, cómo se agravó, cómo llegó a ese punto y esa imposible vuelta atrás. Su corazón late más deprisa, la máquina está en marcha, la máquina que lo tritura todo, entonces todo aparece, las compras que debe hacer, las citas a las que debe acudir, los amigos a quienes debe llamar, las facturas que no debe olvidar, la casa que debe buscar para el verano, todas esas cosas antaño tan fáciles y que ahora le resultan tan arduas.

En la suavidad de las sábanas llega siempre a la misma conclusión: no lo va a conseguir.

No se va a poner a llorar como un gilipollas, encerrado a las cuatro de la madrugada en el cuarto de baño de un hotel, sentado sobre la tapa del váter.

Se ha puesto el albornoz todavía húmedo que Lila ha utilizado al salir de la ducha, aspira el tejido, busca en él ese perfume que tanto le gusta. Se observa en el espejo, está casi tan pálido como el lavabo. Sobre las baldosas del suelo, sus pies desnudos buscan la suavidad de la alfombra. Lila descansa en la habitación, los brazos en cruz. Se ha dormido después de haber hecho el amor, inmediatamente se ha puesto a roncar suavemente, siempre ronca cuando ha bebido.

Mientras se dormía, ha murmurado gracias. Eso es lo que le ha rematado. Lo que le ha apuñalado. Ha dicho gracias.

Ella da las gracias por todo, gracias por el restaurante, gracias por la velada, gracias por el fin de semana, gracias por el amor, gracias cuando él la llama, gracias cuando él se preocupa por cómo está.

Ella le cede su cuerpo, una parte de su tiempo, su presencia algo lejana, ella sabe que él da y que ella no suelta nada, nada esencial.

Él se levantó cuidadosamente para no despertarla, se dirigió en la oscuridad hasta el cuarto de baño. Una vez dentro, sacó la mano para encender la luz y cerró la puerta.

Hace un rato, cuando volvieron de la cena, mientras se desnudaba, ella le había preguntado:

–¿Qué es lo que necesitas?

¿Qué necesitas, qué te falta, qué te gustaría, en qué sueñas? Por una especie de obcecación temporal o de irrevocable ceguera, suele hacerle preguntas así. Ese tipo de preguntas. Con el candor de sus veintiocho años. Esa noche, había estado a punto de responderle:

–Agarrarme a la barandilla del balcón y gritar hasta quedarme sin aliento, ¿crees que es posible?

Pero se había callado.

Han pasado el fin de semana en Honfleur. Han caminado por la playa, han paseado por la ciudad, él le ha regalado un vestido y unas sandalias, han tomado algo, han cenado en el restaurante, han estado durante horas acostados, las cortinas echadas, entre los efluvios mezclados de perfume y de sexo. Regresarán mañana por la mañana a primera hora, él la dejará en la puerta de su casa, llamará a la central, empezará su jornada sin pasar por casa, la voz de Rosa le indicará una primera dirección, al volante de su Clio irá a visitar a un primer paciente, después a un segundo, se ahogará como cada día en una marea de síntomas y de soledad, se hundirá en la ciudad gris y pegajosa.

Ya ha vivido otros fines de semana como este.

Paréntesis que ella le concede, lejos de París y lejos de todo, cada vez menos a menudo.

Basta con mirarlos cuando ella camina a su lado sin rozarle ni tocarle nunca, basta con observarlos en el restaurante o en cualquier terraza de café manteniendo siempre esa distancia que los separa, basta con verlos desde lo alto, al borde de cualquier piscina, sus cuerpos paralelos, esas caricias que ella no le devuelve y a las que él ha renunciado. Basta con verlos aquí o allá, en Toulouse, en Barcelona o en París, en cualquier ciudad, él tropezando con las baldosas y perdiendo pie en el bordillo de las aceras, en desequilibrio, pillado en falta.

Porque ella dice: Mira que eres torpe.

Entonces, él querría decirle que no. Querría decirle: «Antes de conocerte, yo era un águila, un ave rapaz, antes de conocerte sobrevolaba las calles, sin golpearme con nada, antes de conocerte yo era fuerte.»

Está a las cuatro de la madrugada encerrado en el cuarto de baño de un hotel como un gilipollas porque no consigue dormirse. No consigue dormirse porque la quiere y a ella le da igual.

Ella, sin embargo, entregada, en la oscuridad de la habitación.

Ella, a la que puede tomar, acariciar, lamer, ella, a la que puede penetrar de pie, sentada, arrodillada, ella, que le da su boca, sus senos, sus nalgas, que no le pone ningún límite, que se traga todo su esperma.

Pero fuera de una cama, Lila se le escapa, desaparece. Fuera de una cama, ella no le besa, no le pasa la mano por la espalda, no acaricia sus mejillas, apenas le mira.

Fuera de una cama, él no tiene cuerpo. O tiene un cuerpo cuya materia ella no percibe. Ella ignora su piel.

Huele un par de frascos dispuestos sobre el lavabo, leche hidratante, champú, gel de ducha, colocados en una cesta de mimbre. Se moja la cara, se seca con la toalla que está doblada sobre el radiador. Echa cuentas de los momentos pasados con ella, desde que la conoció, lo recuerda todo, desde el día en el que Lila le cogió de la mano, a la salida de un café, una tarde de invierno en la que él no había podido entrar en su casa.

Él no intentó luchar, ni siquiera al principio, se dejó llevar. Lo recuerda todo y todo concuerda, sigue la misma dirección. Si lo piensa, el comportamiento de Lila refleja mejor que cualquier palabra su ausencia de impulso, su forma de estar ahí sin estar, su actitud de figurante, salvo quizá una o dos veces en las que él creyó, lo que dura una noche, que algo era posible, más allá de esa necesidad oscura que ella tenía de él.

¿No es eso lo que ella le había dicho, esa noche u otra?: «Te necesito. ¿Puedes entender eso, Thibault, sin que ello suponga un juramento de fidelidad ni de dependencia alguna?»

Ella le había cogido del brazo y había repetido: Te necesito.

Ahora ella le agradece que esté allí. A la espera de algo mejor.

No tiene miedo de perderle, de decepcionarle, de disgustarle, no tiene miedo de nada: le da igual.

Y contra eso, él no puede hacer nada.

Tiene que dejarla. Esto tiene que terminar.

Ha vivido lo suficiente como para saber que eso no tiene vuelta atrás. Lila no está programada para enamorarse de él. Esas cosas están inscritas en el fondo de la gente como datos en la memoria inalterable de un ordenador. Lila no le *reconoce* en el sentido informático del término, exactamente igual que algunos ordenadores no pueden leer un documento o abrir ciertos discos. Él no entra en sus parámetros. En su configuración.

Haga lo que haga, diga lo que diga, intente lo que intente imaginar.

Él es demasiado sensible, demasiado epidérmico, se implica demasiado, es demasiado afectivo. No es lo bastante lejano, no es lo bastante distinguido, no es lo bastante misterioso.

Él no es bastante.

La suerte está echada. Ha vivido lo suficiente como para saber que hay que pasar a otra cosa, ponerle término, salir de allí.

La dejará mañana por la mañana, cuando suene el teléfono para despertarlos.

El lunes 20 de mayo le parece una buena fecha, suena redonda.

Pero todavía esa noche, como cada noche desde hace un año, se dice que no lo va a conseguir.

Durante mucho tiempo Mathilde ha buscado el punto de partida, el principio, donde empezó todo, el primer indicio, el primer fallo. Lo repasaba invirtiendo el orden, etapa por etapa, volvía atrás, intentaba entender. Cómo había pasado, cómo había comenzado. Y todas las veces llegaba al mismo punto, a la misma fecha: esa presentación del estudio, un lunes por la mañana, a finales del mes de septiembre.

Todo empezó con esa reunión, por absurdo que pueda parecer. Antes de eso, no hay nada. Antes de eso, todo era normal, seguía su curso. Antes de eso, ella era adjunta al director de marketing de la principal filial de nutrición y salud de un grupo internacional de productos alimentarios. Desde hace más de ocho años. Comía con sus compañeros, iba al gimnasio dos veces por semana, no tomaba somníferos, no lloraba en el metro ni en el supermercado, no tardaba tres minutos en responder a las preguntas de sus hijos. Iba a su trabajo como todo el mundo, sin vomitar la mitad de los días al bajar del tren.

¿Basta con eso, con una reunión, para que todo se tambalee?

Ese día, Jacques y ella recibían a un instituto de renombre para presentarles los resultados de un estudio sobre usos y actitudes en materia de consumo de productos dietéticos que le habían encargado hacía dos meses antes. La metodología había sido objeto de muchas discusiones internas, en particular el apartado de perspectivas, del que dependía la decisión sobre importantes inversiones. Habían optado finalmente por dos aproximaciones complementarias, cualitativa y cuantitativa, que habían confiado al mismo contratista. En lugar de designar a un responsable del equipo para hacerse cargo del informe, Mathilde había preferido encargarse ella misma. Era la primera vez que trabajaban con ese instituto, cuyos métodos de investigación eran relativamente nuevos. Había asistido a las reuniones de grupo, se había desplazado para escuchar las entrevistas personalmente, había analizado ella misma la puesta en marcha del cuestionario on line, había pedido, antes de las conclusiones, que se hicieran análisis cruzados. Estaba satisfecha con la forma en la que se habían desarrollado las cosas, había mantenido informado a Jacques, como hacía siempre que trabajaban con un nuevo socio. Se había fijado una primera fecha de entrega, después una segunda y, en el último momento, Jacques había retrasado las dos alegando que estaba desbordado. Él quería estar presente. El monto del presupuesto justificaba, en sí mismo, su presencia.

El día de la presentación, Mathilde había llegado temprano para abrir la sala, comprobar que el proyector funcionaba y que la bandeja de los cafés estaba preparada. El director del instituto presentaría en persona los resultados. Por su parte, Mathilde había invitado al conjunto del equipo, a los cuatro jefes de producto, a los dos responsables de los estudios y al de estadística.

Se habían sentado alrededor de la mesa, Mathilde había intercambiado algunas palabras con el director del instituto, Jacques se retrasaba, Jacques se retrasaba siempre. Por fin había entrado en la sala, sin disculparse, con aspecto cansado y mal afeitado. Mathilde llevaba un traje sastre oscuro y esa blusa de seda que tanto le gusta, recuerda aquello con extraña precisión, recuerda también la forma en que el hombre estaba vestido, el color de su camisa, el anillo que lucía en un meñique, el bolígrafo que sobresalía del bolsillo de su chaqueta, como si los detalles más insignificantes hubiesen quedado grabados en su memoria, sin saberlo, antes de que ella cobrase conciencia de la importancia de ese momento, de lo que iba a ocurrir, que nada podría reparar. Tras las presentaciones de rigor, el director del instituto había comenzado su presentación. Dominaba perfectamente el tema, no se había limitado a repasar media hora antes un informe hecho por otros, como solía suceder. Había comentado la proyección sin ninguna nota, con un lenguaje de una claridad excepcional. El hombre era brillante y carismático. Algo inaudito. Emanaba de él una seguridad que forzaba a prestarle atención, lo había notado enseguida, por la calidad de la escucha que le había concedido el equipo y la ausencia de comentarios al margen que solían salpicar este tipo de reuniones.

Mathilde había mirado las manos de ese hombre, lo recuerda, los gestos amplios que acompañaban su discurso. Se había preguntado de dónde venía ese ligero acento, apenas perceptible, esa nota singular que no conseguía identificar. Había comprendido inmediatamente que aquel hombre molestaba a Jacques, sin duda por ser más joven, más alto, pero tan buen orador como él. Había notado enseguida que le ponía tenso.

A mitad de la presentación, Jacques había empezado a mostrar algunos signos de impaciencia, ostentosos suspiros y «sí, sí» pronunciados en voz alta, destinados supuestamente a subrayar la lentitud o la redundancia del argumento. Después, se había puesto a mirar el reloj de tal forma que nadie pudo ignorar su impaciencia. El equipo había permanecido impasible, todos conocían sus cambios de humor. Más tarde, cuando el director presentaba los resultados del estudio cuantitativo, Jacques se había extrañado de que su significatividad no figurara en los gráficos proyectados. Con cortesía algo afectada, el director le había respondido que solo habían sido presentados los resultados cuya significatividad era superior al 95 por ciento. Al final de la presentación, como responsable del estudio, Mathilde había tomado la palabra para agradecer el trabajo. Jacques debía decir unas palabras. Ella se había vuelto hacia él, habían cruzado sus miradas y había comprendido inmediatamente que Jacques no agradecería nada. En otros tiempos, él le había enseñado la importancia de establecer relaciones de confianza y respeto mutuo con los proveedores externos.

Mathilde había planteado las primeras preguntas, subrayando ciertos detalles, antes de abrir el debate.

Jacques había tomado la palabra en último lugar, los labios apretados, con aquella extrema seguridad suya que ella conocía tan bien y, una por una, había desmontado las recomendaciones del estudio. No ponía en duda la fiabilidad de los resultados, sino las conclusiones que el instituto había extraído de ellos. Era hábil. Jacques conocía perfectamente el mercado, la identidad de las marcas, la historia de la empresa, pero se equivocaba.

Mathilde solía coincidir con él. En primer lugar, porque compartían determinadas opiniones; después, porque, desde que empezaran a trabajar juntos le había parecido que estar de acuerdo con Jacques era una posición más cómoda y a la vez más eficaz. No servía de nada enfrentarse a él. De hecho,

Mathilde conseguía explicar siempre sus razones y sus propias elecciones y a veces lograba hacerle cambiar de opinión. Pero esta vez la actitud de Jacques le había parecido tan injusta que no pudo evitar retomar la palabra. Bajo el paraguas de la hipótesis, sin contradecirle directamente, había explicado en qué le parecía que las orientaciones propuestas, en vista de la evolución del mercado y de otros estudios efectuados en el seno del grupo, merecían ser estudiadas.

Jacques la había mirado un buen rato.

En sus ojos, ella no había leído otra cosa que estupefacción.

No había vuelto sobre el tema.

Por eso había concluido que él se había rendido a sus argumentos. Había acompañado al director del instituto hasta el ascensor.

No había pasado nada.

Nada importante.

Le había costado varias semanas volver a esa escena, rememorarla en su totalidad, darse cuenta de hasta qué punto cada detalle se le había grabado en la memoria, las manos del hombre, ese mechón de pelo que le recorría la frente cuando se inclinaba, el rostro de Jacques, lo que se había dicho, lo que se había quedado en el silencio, los últimos minutos de la reunión, la forma en la que el hombre le había sonreído, su expresión de reconocimiento, la forma en que él había recogido sus cosas, sin prisas. Jacques había abandonado la sala sin despedirse de él.

Más tarde, Mathilde le había preguntado a Éric qué pensaba de la forma en que se habían desarrollado los acontecimientos: ¿había sido hiriente, descortés, se había pasado de la raya? En voz baja, Éric le había respondido que ese día ella había actuado como ninguno de ellos había osado hacer y que eso había estado bien.

Mathilde había vuelto a esa escena porque la actitud de Jacques hacia ella había cambiado, porque después de aquello ya nada había vuelto a ser como antes, porque fue entonces cuando comenzó un proceso de destrucción al que le costaría meses ponerle nombre.

Pero cada vez volvía a la misma pregunta: ¿acaso aquello había bastado para que todo se tambaleara?

¿Acaso aquello había bastado para que su vida entera terminara hundida por un combate absurdo e invisible, perdido de antemano?

Si le había costado tanto tiempo admitir lo que pasaba, la espiral en la que se hallaba inmersa, era porque Jacques, hasta ese momento, siempre la había apoyado. Desde el principio habían trabajado juntos, solían defender las mismas opiniones, los dos eran audaces, a los dos les gustaba correr algo de riesgo y a los dos les disgustaba ceder a lo fácil. Ella conocía mejor que nadie sus entonaciones, el significado de sus gestos, su risa defensiva, la postura que adoptaba cuando estaba en posición de fuerza, su incapacidad para la renuncia, sus disgustos, sus enfados y sus momentos de ternura. Jacques tenía fama de tener un carácter difícil. Se sabía que era exigente, sin matices y en muchas ocasiones tajante. Los demás le temían, si era posible preferían dirigirse a ella antes que a él, pero reconocían su competencia. Cuando Jacques la había contratado, ella llevaba tres años sin trabajar. La había elegido entre varios candidatos seleccionados por la dirección de recursos humanos. Era madre de tres hijos y vivía sola, una situación que, hasta entonces, le había valido varios rechazos. Ella tenía una deuda con él. Había empezado a participar en la definición del plan de marketing, en las grandes decisiones relativas a la elaboración de grupos de productos de cada marca y al seguimiento de la competencia. Poco a poco, empezó a escribir sus discursos y a encargarse de la gestión directa de un equipo de siete personas.

Ese día, al final del mes de septiembre, en solo diez minutos, algo se había torcido. Algo se había interpuesto en la organización precisa y productiva que regía sus relaciones, algo se había colado, que ella no había visto ni oído. Había comenzado aquella misma tarde, cuando Jacques se había mostrado sorprendido en voz alta, delante de varias personas, de verla marcharse a las seis y media, como si hubiera olvidado todas las noches que ella había sacrificado a la empresa para preparar sus presentaciones del grupo y las horas que había pasado en su casa terminando informes.

De esa forma se había puesto en marcha otro mecanismo, silencioso e inflexible, que no se detendría hasta aplastarla.

Primero Jacques había decidido que los minutos que le dedicaba cada mañana para repasar las prioridades y los asuntos en curso constituían una pérdida de tiempo. Ella debería arreglárselas sola y preguntarle solo en caso de necesidad. Asimismo, había dejado de ir a verla a su despacho al final de la jornada, un ritual instaurado desde hacía años, una breve pausa antes de volver a casa. Con pretextos más o menos plausibles, él había evitado toda ocasión de comer con ella. Nunca más le volvió a consultar una decisión, había dejado de importarle su opinión, nunca había vuelto a recurrir a ella de ninguna forma.

Al contrario, a partir del lunes siguiente, había comenzado a presentarse en la reunión de planificación que ella dirigía todas las semanas con el equipo al completo, a la que él no asistía desde hacía mucho tiempo. Se había sentado al otro lado de la mesa, como observador, sin decir una palabra para justificar su presencia, los brazos cruzados, la espalda apoyada en el respaldo de la silla. Y después se había quedado mirándola. Desde la primera vez, Mathilde se había sentido molesta, porque no era una mirada de confianza, sino una mirada que la juzgaba, que buscaba el error.

Después, Jacques había pedido una copia de ciertos documentos, se le había metido en la cabeza supervisar él mismo el trabajo de los responsables de estudio y de los jefes de producto, releer los informes y aprobar la asignación de recursos a los distintos proyectos. Al poco, en varias ocasiones, había empezado a contradecirla delante del equipo, con gesto de estar tratando de reprimir su irritación o con aspecto de estar sinceramente exasperado; después, había actuado así ante otras personas, durante las frecuentes reuniones que tenían lugar con las diferentes direcciones de la empresa.

A continuación, se había dedicado a cuestionar sistemáticamente sus decisiones, a pedir mayor precisión, a reclamar pruebas, justificaciones, argumentos basados en cifras, a lanzar dudas y recriminaciones.

Después empezó a acudir todos los lunes a la reunión de planificación del equipo.

Después decidió dirigirla él mismo, de manera que así ella podría dedicarse a otra cosa.

Ella pensó que Jacques volvería a entrar en razón. Que renunciaría a su cólera, que dejaría que las cosas volvieran a su curso.

Aquello no podía cambiar tanto, estropearse así, por nada. No tenía sentido.

Había intentado no modificar su propia actitud, había tratado de llevar a cabo los proyectos que se le habían confiado, mantener las relaciones con el equipo a pesar del sentimiento de malestar que se había asentado y que no dejaba de aumentar. Había decidido dejar que corriera el tiempo, el tiempo necesario para que Jacques pasara página.

Ella no había reaccionado a ninguno de sus ataques; a las reflexiones irónicas sobre sus zapatos o su abrigo nuevo, a los comentarios descorteses sobre la fecha de sus vacaciones de Navidad o la repentina ilegibilidad de su letra, ella había respondido con un silencio paciente, indulgente.

Había respondido con la confianza que ella tenía en él.

Todo aquello, quizá, no tuviera nada que ver con ella. Jacques atravesaba una racha complicada, sentía la necesidad de marcar territorio, de retomar los informes que había delegado en ella desde hacía tanto tiempo. Se había dicho que debía de estar enfermo, una enfermedad que mantenía en secreto y que lo devoraba en silencio.

Decidida a no traicionarlo, no se había quejado a nadie. Había callado.

Pero Jacques había continuado por el mismo camino; cada día un poco más molesto, lejano, brutal.

Poco a poco, Mathilde tuvo que admitir que, en presencia o no de Jacques, todos los miembros del departamento ya no se dirigían a ella de la misma forma, que ahora en cuanto se acercaba a ellos adoptaban ese tono contrito, prestado, todos salvo Éric, cuya actitud no había cambiado.

En noviembre, Jacques olvidó invitarla a la presentación interna de la campaña de publicidad que su agencia acababa de hacer para el lanzamiento de un nuevo producto. Se había enterado de la cita a última hora por la secretaria de Jacques y se había presentado en el último momento en el despacho del director de comunicación. Había llamado a la puerta, los había encontrado a los dos sentados en el sofá de piel, frente a la pantalla plana. Jacques ni siquiera la miró, el director de comunicación la había saludado de lejos. Ninguno de ellos se levantó ni se movió para dejarle un sitio. Mathilde se había quedado de pie, con los brazos cruzados, todo el tiempo que había durado aquello, el tiempo de pasar y repasar las tres películas, comparar las imágenes, la voz en *off* y el montaje. Ni Jacques ni el director de comunicación le pidieron su opinión; se comportaron como si ella hubiese entrado sin autorización o por error y no tuviera ninguna razón para estar allí.

Ese día comprendió que la tarea de destrucción emprendida por Jacques no se limitaría a su departamento, que ya había empezado a desacreditarla fuera y que tenía todo el poder para hacerlo.

Tras ese episodio, durante varias semanas estuvo reclamándole una reunión, por intermediación de su secretaria o cada vez que se lo cruzaba en un pasillo o frente a la máquina de café. Jacques se había negado, con tono afable, dejándolo para más tarde, alegando una semana demasiado cargada.

En noviembre, ella había decidido irrumpir en su despacho sin llamar, había cerrado la puerta tras ella y le había reclamado explicaciones. Él no sabía de qué le estaba hablando. En absoluto. Todo era perfectamente normal. Él hacía su trabajo. Punto. Por el puesto que ocupaba, ella estaba perfectamente al tanto del monto del presupuesto anual que él gestionaba, la cantidad de cosas en las que intervenía o que dependían de él. No tenía tiempo que perder con sus estados de ánimo. Tenía cosas mejores que hacer. Su deber era controlar, verificar, tomar las decisiones correctas. Ella era complicada. Ella lo complicaba todo. ¿Qué mosca la había picado? ¿Tenía algo que reprocharle? Sin duda, necesitaba unas vacaciones, el año había sido difícil, era normal que estuviese agotada. De hecho, parecía tensa. Agotada. Nadie era indispensable, ella lo sabía bien, ella no tenía más que cogerse unos días para verlo todo más claro.

Recordaba su voz, una voz desconocida para ella, en la que le costaba contener el tono de odio, una voz que no dejaba lugar a una vuelta a la normalidad. Una voz que la condenaba.

A partir de ese día Jacques dejó de dirigirle la palabra.

Mathilde no se había ido de vacaciones. Se había quedado en el despacho cada vez hasta más tarde, había empezado a trabajar los fines de semana. Se había comportado exactamente como si se sintiese culpable, como si tuviese que reparar una falta grave o demostrar algo. Había empezado a acusar el cansancio, se sentía reventada, le parecía que trabajaba más despacio que antes, de forma menos eficaz. Poco a poco, había ido perdiendo su soltura, su seguridad. En varias ocasiones Jacques había anulado algunas salidas previstas con ella, se había ido solo o la había reemplazado en el último momento por otra persona. Había dejado de informarla de sus reuniones con la dirección general, había empezado a olvidar pasarle documentos, a invitarla a las reuniones, a mandarle copia de correos importantes. Había aprovechado su ausencia para dejar sobre su mesa informes repletos de consignas ilegibles garabateadas en pósits y, por último, decidió comunicarse con ella exclusivamente a través de la mensajería interna.

A eso se habían añadido un sinfín de detalles insignificantes, sin importancia, que a ella misma le habría costado describir, que no había sabido contar. La forma en que la miraba cuando se cruzaban, la forma en que no la miraba en presencia de otros, la forma en que la adelantaba para precederla, la forma en que se sentaba frente a ella para observarla y el modo en que cerraba cuidadosamente la puerta de su despacho con llave cuando se iba antes que ella.

Un sinfín de detalles insidiosos y ridículos, que habían ido aislándola día a día, porque no había sabido medir la importancia de lo que estaba pasando, porque no había querido dar la voz de alarma. Una suma de pequeñas cosas cuya acumulación le había quitado el sueño.

En el transcurso de unas semanas, Jacques se había convertido en otra persona, en un desconocido para ella.

Ella es capaz, hoy, de definir lo que ocurre. Porque se ha pasado noches enteras pensando, porque ha revisado todo centenares de veces. Es capaz de identificar las diferentes etapas, desde el inicio hasta sus últimas consecuencias.

Pero ya es demasiado tarde.

Él quiere acabar con ella.

El día penetraba por las cortinas entreabiertas. Thibault se sentó en el borde de la cama, con el cuerpo vuelto hacia la habitación. Durante unos minutos observó a Lila dormir, su pelo alborotado, sus manos abiertas, su cuerpo elevándose al ritmo de la respiración. El despertador no había sonado aún. Lila no se había movido. O había vuelto a esa posición tranquila, abierta, que él había visto hacía unas horas.

Él no había pegado ojo. Se había pasado el resto de la noche dando vueltas, con esa sensación de vacío agarrada al estómago. No eran iguales. Ni en el sueño ni en el amor.

La larga cadena de plata descendía entre sus senos, y luego, por el peso del colgante, se desviaba hacia la izquierda: el pesado cristal caía entre las sábanas. Lila conservaba esa joya de otra relación, y no evocaba su valor sino con palabras oscuras. Thibault se acercó a su hombro, después a su cuello, e inspiró profundamente. Por última vez: el olor de su piel, el resto tenaz de su perfume. El rostro de Lila estaba terso, tranquilo, solo él le conocía esa expresión cuando dormía. Aproximó la boca hacia la suya, lo más cerca posible, sin rozarla.

Le asaltó la duda. ¿Y si se había equivocado, desde el principio? ¿Y si solo era una cuestión de ritmo, de lenguaje? Quizá ella necesitara tiempo. Quizá le amaba en silencio, con esa distancia que solo cedía a golpes, quizá esa era su forma de amar, la única de la que era capaz. Quizá no hubiera más prueba que aquella: sus cuerpos y sus alientos en sincronía.

Sonó el despertador. Eran las seis. Lila abrió los ojos, sonrió. Durante unos segundos, él dejó de respirar.

Todavía tumbada boca arriba, empezó a acariciarle el sexo, el glande, con la punta de los dedos, muy suavemente, mirándole a los ojos. Su sexo se endureció rápidamente, él le acarició la mejilla con la mano derecha, se levantó y se encerró en el cuarto de baño. Cuando volvió a entrar en la habitación, Lila estaba vestida y había metido todas sus cosas en el bolso. Quería maquillarse antes de salir, él bajó a pagar la cuenta, se instaló en el coche, con las ventanas abiertas, y se repitió que iba a conseguirlo.

Recordó aquella mañana de noviembre en que la había esperado en vano delante de la parada de taxis. Esos minutos que habían precedido a su llamada, las veinte veces que había mirado el reloj, su nombre por fin en la pantalla del móvil y las palabras que ella ni siquiera se molestó en pronunciar. Iban a pasar el fin de semana en Praga, él lo había reservado todo.

Recordó otra vez una de aquellas noches en que percibía lo lejos que estaba ella, refugiada en uno de esos territorios íntimos a los que él no tenía acceso; él podría no haber estado allí y para ella, al otro lado de la cama, no habría cambiado nada. Se había vuelto a vestir en silencio. En el momento en el que se ponía los zapatos, ella había abierto los ojos. Él había dado una explicación. No conseguía dormirse, se iba a su casa, no importaba, de hecho, en el fondo, nada importaba. Ella había hecho una mueca. En el momento de marcharse, él había cogido su rostro entre las manos, la había mirado, había dicho: Te quiero, Lila, estoy enamorado de ti.

Ella se había sobresaltado, exactamente como si le hubieran dado un guantazo, y había gritado: ¡ah, no!

Quizá aquel día había comprendido que nada podría vivir ni crecer entre ellos, nada podría extenderse ni profundizar, y que permanecían allí, inmóviles, en la blanda superficie de las relaciones extinguidas. Ese día se dijo que quizá un día tendría fuerzas para marcharse y no volver jamás.

Como cada día desde hace semanas, el despertador suena cuando Mathilde apenas acaba de dormirse. Se despereza bajo las sábanas.

Eso es lo peor cada nueva mañana: el instante de pavor, estar tumbada en la cama y recordar lo que le espera.

Los lunes, los gemelos empiezan las clases a las ocho, no puede retrasarse. Mathilde se levanta. Su cuerpo está agotado. Agotado antes de empezar. Su cuerpo ya no se recupera, está vacío de materia, de energía, su cuerpo se ha transformado en un peso muerto.

Enciende la luz, alisa la sábana con la palma de la mano, tira del edredón por las cuatro esquinas. Sus gestos se le antojan lentos, torpes, como si tuviera que pensar en cada uno de sus movimientos para que se produjesen en el lugar adecuado, en el momento adecuado. Sin embargo, cinco días a la semana, consigue ponerse de pie, dirigirse al cuarto de baño, meterse en la bañera y cerrar la cortina tras ella. Se demora bajo el agua tibia. A menudo, en ese bienestar que le procura la ducha, encuentra las sensaciones de antaño, cuando su vida fluía como el agua, cuando se sentía contenta de ir a trabajar, cuando no tenía otra preocupación que la de elegir el traje sastre o los zapatos de aquel día.

Se abandona a la memoria del cuerpo. Ese tiempo le parece lejano, pasado.

Ahora daría lo que fuera por poder cerrar los ojos, dejar de pensar, dejar de saber, escapar a lo que la espera.

¿Cuántas veces ha deseado enfermar, gravemente? ¿Cuántos síntomas, síndromes, insuficiencias ha imaginado para tener el derecho a quedarse en casa, el derecho a decir ya no puedo más? ¿Cuántas veces ha pensado en irse con sus hijos, sin nada por delante, sin dejar dirección, enfilar la carretera con el saldo de su cartilla de ahorros como único equipaje? Salirse de su trayectoria, comenzar una nueva vida, en otra parte.

¿Cuántas veces ha pensado que se podría morir de algo parecido a lo que está viviendo, morir de tener que sobrevivir diez horas diarias en un medio hostil?

Se seca con una toalla, percibe una mancha oscura en la parte trasera de la pantorrilla izquierda. Se agacha, descubre una quemadura, de tres o cuatro centímetros, profunda. Levanta la cabeza. Reflexiona. Ayer por la noche estaba helada, puso a calentar agua para llenar una bolsa de agua caliente, la metió dentro de la cama antes de acostarse. Debió de dormirse así, con la piel pegada a la goma. Se produjo una quemadura de tercer grado sin darse cuenta. Vuelve a mirar la herida supurante, no acaba de creérselo. Hace dos meses se rompió la muñeca al caerse por la escalera del metro. Se resignó a hacerse una radiografía al cabo de una semana, porque ya no podía coger ni sujetar nada. El interino de guardia, con la radiografía levantada ante él, le había echado un sermón.

Afortunadamente, la fractura no se había desplazado. Para probar si están cocidos los espaguetis o las judías verdes, mete las manos en el agua hirviendo, con un gesto rápido, sin sentir nada. Parece estar desarrollando una especie de resistencia al dolor. Se está endureciendo. Lo nota al mirarse en el espejo. Ve cómo sus rasgos se han vuelto más afilados. Hay algo cerrado, extremadamente tenso, que no consigue relajar.

Mathilde busca en el botiquín la caja de tiritas, elige el modelo más grande y se lo pega en la piel. Son las siete y diez y tiene que ponerse en marcha. Preparar el desayuno, coger el metro y el tren de cercanías, ir a su trabajo.

Debe ponerse en marcha porque vive sola con tres hijos, porque cuentan con ella para que los despierte por la mañana y los espere por la tarde cuando vuelven del colegio.

Cuando se vino a vivir a este piso, lijó, pintó, montó las estanterías y las literas, asumió todo. Encontró trabajo, llevó a sus hijos al dentista, a clases de guitarra, a baloncesto y a judo.

Siguió en pie.

Hoy ya son mayores y está orgullosa de ellos, de lo que ha construido, de ese islote de paz cuyas paredes están cubiertas de dibujos y de fotos, suspendido sobre un bulevar. Ese islote en el que supo hacer que entrara la alegría, adonde regresó la alegría. Aquí, los cuatro se han reído, cantado, jugado, han inventado palabras y cuentos, fabricado algo que los une, que los agrupa. Ella ha pensado a menudo que había transmitido a sus hijos una forma de júbilo, una aptitud para la alegría. A menudo pensó que no había nada más importante que ofrecerles su risa, por encima del infinito desorden del mundo.

Ahora es diferente. Ahora está irritable, cansada, hace esfuerzos sobrehumanos para mantener una conversación de más de cinco minutos, para interesarse en lo que le cuentan; a veces se echa a llorar sin razón alguna, cuando está sola en la cocina, cuando los ve dormir, cuando se acuesta en silencio. Ahora se siente mareada desde que pone un pie en el suelo, garabatea en cuadernos lo que debe hacer, pega en los espejos instrucciones útiles, fechas, citas. Para no olvidar.

Ahora son sus hijos los que la protegen y sabe que eso no está bien. Théo y Maxime ordenan su habitación sin que ella se lo pida, ponen la mesa, se duchan y se ponen el pijama, los deberes están hechos antes de que vuelva y las mochilas están listas para el día siguiente. Cuando sale con sus amigos el sábado por la tarde, Simon la llama para decirle dónde está, le pregunta si no la ha molestado, si necesita que vuelva antes para ocuparse de los gemelos, si quiere salir a pasear un rato, quedar con sus amigos o ir al cine. No le quitan ojo, los tres, atentos al tono de su voz, a sus estados de ánimo, a la inseguridad de sus gestos, se preocupan por ella, se da perfecta cuenta, le preguntan cómo está varias veces al día. Ella les contó algo al principio. Les dijo que tenía problemas en el trabajo, que ya se pasaría. Después intentó contarles todo, explicarles la situación, la forma en que se dejó atrapar, poco a poco, y lo difícil que era ahora salir de aquello. Desde lo alto de sus catorce años, Simon quiso ir a partirle la cara a Jacques, a pincharle las ruedas del coche. Reclamaba venganza. En ese momento, eso la había hecho sonreír, esa rebelión de adolescente contra la injusticia sufrida por su madre, pero ¿pueden realmente entenderlo?

Ignoran lo que es la empresa, su aire viciado, sus mezquindades, sus conversaciones en voz baja, ignoran el ruido de la máquina de bebidas, el del ascensor, el color gris de la moqueta, las superficiales muestras de amabilidad y los rencores mudos, los incidentes fronterizos y las guerras de territorio, los secretos de alcoba y los toques de atención, incluso para Simon el trabajo sigue siendo algo abstracto. Y cuando intenta traducírselo a un lenguaje que puedan entender *–mi jefe, la señora que dirige el personal, el señor que se ocupa de los anuncios, el gran gran jefe–* le parece estar contándoles la historia de unos pitufos bárbaros que se destrozan en silencio en una aldea retirada del mundo.

No habla de ello. Ni siquiera con sus amigos.

Al principio intentó describir las miradas, los retrasos, los pretextos. Intentó contar los silencios culpables, las sospechas, las insinuaciones. Las estrategias para evitarla. Esa acumulación de pequeñas vejaciones, de humillaciones soterradas, de hechos minúsculos. Intentó contar el engranaje, cómo había llegado a esa situación. Todas las veces la anécdota le parecía ridícula, irrisoria. Todas las veces se había interrumpido en mitad de una frase.

Concluía con un gesto vago, como si aquello no la impidiese dormir, no la estuviese royendo poco a poco, como si todo eso en el fondo no tuviese ninguna importancia.

Debería haberlo contado.

Desde el principio. Desde el principio del todo.

Cuando Jacques comenzó a declarar, desde por la mañana temprano, con ese tono de preocupación que tan bien sabía fingir: «Tiene usted mala cara.» Una primera vez, después otra, con algunos días de intervalo. La tercera había utilizado la palabra *pinta:* «Tiene usted mala pinta.» Con expresión algo inquieta.

Y el odio contenido en esa palabra que ella no había querido escuchar.

Debería haber contado aquella vez que, aislados en el extremo de una zona industrial, la había dejado esperando cuarenta y cinco minutos, «el tiempo de ir a buscar el coche», cuando el aparcamiento estaba a solo doscientos metros.

Debería haber contado las citas anuladas en el último minuto, las reuniones reprogramadas sin informarla, los suspiros de exasperación, los comentarios hirientes disfrazados de humor y las llamadas sin contestar estando él en su despacho.

Olvidos, errores, molestias que, aislados los unos de los otros, forman parte del desarrollo normal de un trabajo. Incidentes sin importancia cuya acumulación, sin brillo, sin estruendo, habían terminado por destruirla.

Creyó que podría resistir.

Creyó que podría hacerle frente.

Se acostumbró, poco a poco, sin darse cuenta. Terminó por olvidar la situación anterior y el contenido mismo de su puesto; terminó por olvidar que trabajaba diez horas al día sin levantar la cabeza.

No sabía que las cosas podían cambiar de ese modo, sin posible vuelta atrás.

No sabía que una empresa podía tolerar tal grado de violencia, aunque fuera tan silenciosa. Admitir en su seno ese tumor exponencial. Sin reaccionar, sin intentar ponerle remedio.

Mathilde piensa a menudo en el juego de «romperlo todo» que tanto les gusta a los chicos. Esas latas vacías presentes todos los años en las fiestas del colegio: se apunta a la base y todas se derrumban.

Ella es el blanco y hoy ya no queda nada.

Pero cuando piensa en ello, por las noches, tumbada en su cama o sumergida en el agua abrasadora de la bañera, sabe muy bien por qué calla.

Calla por vergüenza.

Mathilde abre el armario empotrado, coge unas bragas, un pantalón y una blusa. En la habitación contigua, la radio de Simon se ha puesto en marcha. Unos minutos más tarde, él llama a su puerta, le propone despertar a los gemelos. Mathilde echa un vistazo al reloj, tiene tiempo. Entra en la cocina, se detiene un instante para repetirse los gestos que debe hacer, el orden en que deben realizarse. No enciende el viejo transistor. Se concentra. Théo y Maxime surgen tras ella, le saltan al cuello para besarla. Sus cuerpos conservan el calor de la noche, acaricia sus rostros arrugados por el sueño, respira su olor. En los pliegues de sus cuellos, durante un breve instante, la disposición de su propia vida le parece simple. Su lugar está allí, cerca de ellos. Lo demás no tiene importancia. Llamará al médico, le hará venir a casa, le explicará. Él la examinará y constatará que su cuerpo ya no tiene fuerzas, que no le queda nada, ni un átomo, ni una onda de energía. Cuando se vaya, permanecerá acostada hasta el mediodía y después se levantará, saldrá a hacer algunas compras o pasará toda la tarde fuera, para llenarse del ruido de los demás, de sus colores, de su movimiento. Preparará una cena de las que vuelven locos a sus hijos, una cena de un solo color en la que los platos empiecen todos por la misma sílaba, pondrá la mesa para que quede bonita, esperará su vuelta y...

Va a llamar al médico. En cuanto se vayan los chicos.

En la cabecera de la mesa, medio sentado, Théo empieza a hablar. Siempre ha sido el más locuaz, se sabe docenas de chistes, de historias alegres, tristes o absurdas, de historias de miedo. Pide silencio. Esa mañana, cuenta a sus hermanos un programa sobre los récords del *Libro Guinness* que ojeó hace unos días en casa de un amigo. Mathilde escucha, al principio distraída; los observa a los tres, son tan guapos... Théo y Maxime tienen diez años, cultivan sus diferencias; Simon ya es más alto que ella, tiene los hombros de su padre, esa misma forma de sentarse en el borde de la silla, en desequilibrio. Sus risas la devuelven a la conversación. Se trata de un hombre que tiene el récord de abrir sujetadores en un minuto con una sola mano. Después de otro que, en el mismo tiempo, consigue ponerse y quitarse ochenta veces los calzoncillos.

«¡Cuenta más proezas!», grita Maxime, muy excitado. Théo prosigue. Hay un hombre que anuda rabitos de cereza con la lengua y otro que coge Smarties con palillos. Sus dos hermanos se carcajean al unísono. Mathilde los interrumpe para precisar que no debe hablarse propiamente de proezas, los invita a pensar sobre la naturaleza de esas acciones: ¿no ven que hay algo de humillante en quitarse y ponerse los calzoncillos docenas de veces para ser el campeón del mundo de su categoría? Reflexionan y asienten. Y, entonces, Théo añade con una expresión seria:

–Sí, pero hay un tío que corta plátanos en dos con una sola mano, así, en seco, con piel y todo; eso sí que es una verdadera proeza, ¿verdad, mamá?

Mathilde acaricia la cara de Théo y se echa a reír.

Entonces, ellos ríen también, los tres, extrañados de oírla reír.

Desde hace semanas, cuando se sientan alrededor de la mesa de la cocina a la luz del amanecer escrutan el tono de su voz, buscan en su rostro la sonrisa que ya no tiene y ella no sabe qué decirles, le parece que sus hijos la miran como a una bomba de relojería.

Pero hoy no.

Hoy, 20 de mayo, los tres se han ido, mochilas y bolsas a la espalda, confortados, tranquilos.

Hoy, 20 de mayo, ella ha comenzado el día riéndose.

Lila ha dejado el bolso en el maletero y después se ha sentado a su lado. Antes de arrancar, Thibault ha llamado a la central para avisar de que empezaría su guardia con media hora de retraso. Rose ha dicho que se las arreglaría con los otros médicos. La vorágine no había comenzado aún.

Viajaron en silencio. Al cabo de una hora, Lila se durmió, la cabeza apoyada contra la ventanilla; un hilillo de saliva caía de su boca hasta el nacimiento del cuello.

Pensó que la amaba, que amaba todo en ella, los fluidos, la materia, el sabor. Pensó que nunca había amado de esa forma, perdiendo siempre, con ese sentimiento de que nada era aprehensible, que nada podía retenerse.

Al acercarse a París, el tráfico se hizo más denso. A pocos kilómetros de la entrada a la circunvalación, se vieron casi parados. Atrapado detrás de un camión, revivió cada momento de la cena de la víspera. Se vio a sí mismo apoyado sobre la mesa, con el cuerpo echado hacia delante, tendido hacia ella. Y a Lila, echada sobre su silla, siempre a distancia. Se vio y vio de qué manera se había ido hundiendo poco a poco, intentando responder correctamente a las preguntas que ella no había cesado de hacerle, ¿qué buscas?, ¿qué quieres?, ¿qué necesitas?, ¿cuál es tu ideal? Una ráfaga de preguntas para evitar contar algo de sí misma, de su propia búsqueda, para reconfortarse en su propio silencio.

Él, intentando lucirse, mostrarse divertido, inteligente, simpático y seguro de sí mismo.

Él, desposeído de su misterio, desnudo.

Él: una mosca atrapada dentro de un vaso.

Había olvidado hasta qué punto era vulnerable. ¿De eso se trataba el estar enamorado, de ese sentimiento de fragilidad? ¿Ese miedo a perderlo todo a cada instante, por un tropiezo, una respuesta fuera de lugar, una palabra equivocada? ¿Se trataba de eso, de la inseguridad de uno mismo, tanto a los cuarenta como a los veinte? Y, en ese caso, ¿había algo más lamentable, más vano?

Frente a su casa, paró el motor. Lila se despertó. Se acercó para besarla. Le metió la lengua en la boca. Una última vez. Posó la mano sobre su pecho, abierta, los dedos separados, acarició su piel, en ese lugar que tanto le gustaba, y después dijo:

–Quiero que dejemos de vernos. Ya no puedo más, Lila, no puedo más. Estoy cansado.

Sus palabras eran de una banalidad insoportable. Sus palabras gastadas eran una ofensa para su dolor. Pero no tenía otras.

Lila abrió la puerta y salió del coche. Fue hasta la parte trasera para abrir el maletero, se acercó a la ventanilla, el bolso colgado de su hombro, se inclinó hacia él y dijo: Gracias.

Después, tras un silencio: Gracias por todo.

No había en su rostro ni dolor ni alivio; entró en el edificio sin darse la vuelta.

Lo había hecho.

Avisó a Rose de que se hacía cargo de la guardia, le dio la primera dirección en voz alta: fiebre alta, síntomas gripales. Volvió a llamarle unos minutos más tarde, quería saber si podía encargarse del sector seis además del cuatro, que tenía asignado. Frazera se había roto la muñeca el día anterior, tenía el hueso desplazado. El encargado no había encontrado otro médico para sustituirle.

Thibault aceptó.

Acaba de aparcar en una plaza de carga y descarga, al pie del inmueble donde se le espera. Mira su teléfono, sabe lo que le depara el día. Sabe que va a pasarse el día pendiente de la pantalla de su móvil, esperando un mensaje. Antes, la gestión de visitas se hacía por radio. Ahora, por razones de confidencialidad, el servicio de urgencias disponía de un repertorio de teléfonos móviles y un sistema de números abreviados. Cada vez que la central le envíe a una nueva dirección, no podrá evitar el esperar que el nombre de Lila aparezca en la pantalla. Durante semanas, ese sonido será su tormento.

Espera que ella le eche de menos, así, de golpe. Un vacío vertiginoso que ella no pueda ignorar. Espera que al cabo de las horas sea vencida por la duda, que tome conciencia poco a poco de su ausencia. Le gustaría que se diese cuenta de que nunca nadie la amará como él la ama, por encima de los límites que ella marca, esa soledad fundamental que impone a los que la rodean pero que solo evoca en voz baja.

Es ridículo. Él es ridículo. Grotesco. ¿Quién se ha creído que es? ¿En virtud de qué superioridad, de qué excepción?

Lila no volverá. Se tomará sus palabras al pie de la letra. A estas horas, sin duda se estará felicitando de esa salida: fácil, suave, servida en bandeja. Ella sabe que la gente que ama más de lo que podemos darle siempre acaba siendo una molestia.

Va a visitar a su primer paciente. Abandonar el perfume de Lila que flota en el aire. Dejar las ventanillas entreabiertas.

«Hay que retirar la perfusión», le había dicho una noche Frazera, especialista en fracturas, y no solo de muñeca. Habían quedado para tomar algo después de un largo fin de semana en el que los dos habían estado de guardia. Ayudado por la tibia onda que el vodka expandía por sus venas, Thibault le había hablado de Lila: esa sensación de abrazar algo soluble, algo que termina convertido en polvo. Esa sensación de cerrar los brazos sobre el vacío: un gesto muerto.

Frazera le había aconsejado la fuga inmediata, la retirada estratégica. Y, con la mirada perdida en su vaso, había concluido:

–Hay en toda relación amorosa una especie de crueldad infusa e inagotable.

Thibault está en el coche, al pie de un edificio anónimo, mira una última vez la pantalla de su teléfono, por si no hubiese escuchado el *bip*.

Lo ha hecho. Ha terminado haciéndolo: retirar la perfusión.

Lo ha hecho y puede estar orgulloso de sí mismo.

Ella sonrió. Como si se lo esperara. Como si hubiese tenido todo el tiempo para prepararse.

Había dicho: «Gracias. Gracias por todo.»

¿Puede alguien estar tan ciego ante la desesperación del otro?

En el momento en que la puerta se cierra tras ella, Mathilde hunde la mano en su bolso hasta sentir el contacto del metal. Siempre tiene miedo de olvidar algo, las llaves, el teléfono, el monedero, su abono de transporte.

Antes no. Antes no sentía miedo. Antes era ligera, no necesitaba comprobar nada. Los objetos no se escapaban a su atención, participaban de un movimiento de conjunto, un movimiento natural, fluido. Antes, los objetos no resbalaban de los muebles, no se volcaban, no suponían un obstáculo.

No ha llamado. Desde que su médico de cabecera se jubiló, no tiene médico de familia. Cuando fue a marcar el número que acababa de encontrar en internet, le pareció que aquello no tenía sentido. No está enferma. Está cansada. Como cientos de personas con las que se cruza cada día. Entonces, ¿que derecho tenía? ¿Qué pretexto? Hacer venir a un desconocido. No habría sabido qué decirle. Decir simplemente: «No puedo más.» Y cerrar los ojos.

Baja andando. En la escalera se cruza con el señor Delebarre, su vecino de abajo, que sube a su casa dos veces a la semana porque los niños hacen demasiado ruido. Incluso cuando no están. El señor Delebarre adopta su expresión extenuada y la saluda en voz baja. Mathilde no se detiene, deja que sus dedos se deslicen por el pasamanos, sus pasos son sordos sobre la alfombra de terciopelo. Hoy no tiene ganas de detenerse unos segundos para hablar con él, para ser amable, para intercambiar cuatro palabras. No tiene ganas de recordar que el señor Delebarre es viudo y está solo y enfermo, que no tiene otra cosa que hacer que escuchar el ruido que viene de arriba, multiplicarlo, hasta inventárselo, no tiene ganas de imaginarse al señor Delebarre perdido en el silencio de su gran piso.

Se conoce. Sabe adónde lleva eso. Siempre tiene que inventarse excusas para los demás, explicaciones, motivos de indulgencia. Siempre acaba por pensar que la gente tiene buenas razones para ser como es. Pero hoy no. No. Hoy le gustaría poder pensar que el señor Delebarre es idiota. Porque estamos a 20 de mayo. Porque tiene que pasar algo. Porque esto no puede seguir así, el precio es demasiado alto. El precio por tener una tarjeta para fichar, un bono de comedor, un carné de mutua, un abono de transporte de tres zonas, el precio por seguir en movimiento.

Mathilde da la vuelta a la manzana envuelta en el frescor de la mañana. A esa hora las calles parecen lavadas, renovadas; a lo lejos se escucha un camión de basura. Mathilde mira el reloj, acelera el paso, sus tacones golpean la acera.

Al entrar en el andén del metro, nota inmediatamente una afluencia inhabitual. La gente está de pie, amontonada, pero aun así no traspasan la banda que señala el límite de la zona a la que es peligroso acercarse. Los pocos asientos disponibles están ocupados, el aire está cargado de nerviosismo y malhumor. Mathilde levanta la vista hacia la pantalla electrónica: el tiempo de espera de los próximos trenes ha sido reemplazado por dos trazos luminosos. Una voz femenina invade el andén: «A causa de una avería en la línea, la circulación en dirección Mairie de Montreuil no se desarrolla con normalidad.»

Cualquier usuario habitual del transporte público comprende a la perfección el singular lenguaje de la compañía, sus sutilezas, su vocabulario y su sintaxis. Mathilde conoce los diferentes casos posibles y su probable repercusión en la duración de su trayecto. Una «avería en la línea», un «problema de cambio de agujas» o una «regulación del tráfico» provocan un retraso moderado. Más inquietante, un «viajero indispuesto»: significa que alguien, en alguna parte, en otra estación, se ha desmayado, ha tirado de la alarma o ha tenido que ser evacuado. Un «viajero indispuesto» puede afectar «de forma considerable» el tráfico. Mucho más inquietante es «un accidente grave de un viajero», término por todos reconocido para referirse a un suicidio: paraliza el tráfico varias horas. Hay que retirar los restos.

En París, cada dos por tres un hombre o una mujer se tira al metro. Mathilde lo leyó en un periódico. La compañía mantiene la discreción en cuanto a las cifras exactas, pero desde hace mucho tiempo dispone de grupos de apoyo psicológico para los conductores afectados. Algunos no se recuperan nunca. Son declarados no aptos, destinados a ventanilla o a trabajos de oficina. Como media, un conductor se enfrenta al menos una vez en la vida a una tentativa de suicidio. ¿Acaso en las grandes ciudades la gente se suicida más que en otras partes? A menudo se hace esa pregunta, sin tomarse la molestia de buscar una respuesta.

Desde hace unos meses, cuando Mathilde vuelve de su trabajo, se detiene a observar las vías, se fija en las piedras que cubren el suelo, en la profundidad del agujero. A veces siente cómo su cuerpo se inclina hacia delante, de forma imperceptible, su cuerpo agotado buscando reposo.

Entonces piensa en Théo, en Maxime y en Simon, su imagen se impone sobre las demás, todas las demás, dinámica y luminosa, y Mathilde da un paso atrás, alejándose del borde.

Intenta hacerse un hueco entre el gentío. Hay que ganarse el sitio, el territorio. Hay que respetar el orden de llegada y la distancia debida entre las personas, que disminuye a medida que el andén se llena.

No hay metro anunciado.

No podrá llegar al tren de las 8.45, ni al de las 9.00, ni siquiera al de las 9.15. Va a llegar tarde. Y se encontrará con Jacques por casualidad cuando salga del ascensor o a la entrada de su despacho; la habrá buscado por todos lados y no se habrá privado de hacerlo saber –aunque no le haya dirigido la palabra desde hace tres semanas–, mirará su reloj con gesto confuso y el ceño fruncido. Porque Jacques vigila de cerca sus horarios, sus ausencias, buscando un paso en falso. Porque él vive a cinco minutos en coche y le importan un comino el trayecto que ella debe realizar diariamente –al igual que la mayor parte de los asalariados de la sede– y el número de factores objetivos que pueden impedirle llegar puntual.

Por el momento, se trata de permanecer en el lado correcto del andén, no dejarse llevar hacia el fondo, mantener la posición. Cuando llegue el metro, repleto, irascible, habrá que luchar. En virtud de una ley tácita, una forma de jurisprudencia subterránea aplicada desde hace décadas, los primeros seguirán siendo los primeros. Cualquiera que intente ignorar esa costumbre termina siendo abucheado. A lo lejos se escucha un gruñido, una vibración, parece el ruido del tan esperado convoy. Pero el túnel permanece vacío, privado de luz. La pantalla electrónica sigue sin indicar nada. La voz femenina permanece callada. Hace calor. Mathilde mira a los otros, hombres y mujeres, su vestimenta, sus zapatos, su peinado, la forma de sus nalgas, los observa de espaldas, de frente o de perfil, en algo hay que entretenerse. Cuando las miradas se cruzan, baja los ojos. Incluso en hora punta, subsiste en el transporte público algo que pertenece a la intimidad, reservado, un límite impuesto a la vista por no poder imponerse al cuerpo. Entonces Mathilde mira al andén de enfrente. Casi vacío.

En el otro lado no se ha detenido la circulación, los convoyes se suceden a un ritmo normal. No hay explicación posible. En sentido inverso, la gente sube al metro y llegará a la hora a su trabajo.

Por fin, Mathilde percibe un murmullo a la izquierda, cada vez más nítido; los rostros se vuelven, tensos, impacientes: ¡ahí está! Hay que inspirar profundamente, estrechar el bolso contra la cadera, comprobar que está bien cerrado. El metro reduce su velocidad, se detiene, ahí está. Derrama, regurgita, libera la masa, alguien grita «¡Dejen salir!», hay empujones, pisotones, es la guerra, sálvese quien pueda. De pronto, se ha convertido en una cuestión de vida o muerte subir a ese, no tener que esperar al improbable siguiente, no arriesgarse a llegar más tarde aún al trabajo. «¡Dejen salir, joder!» El gentío abre paso de mala gana, no hay que perder de vista la entrada, hay que mantenerse cerca, no dejarse arrastrar por la masa, colocarse a los lados, permanecer cerca de la puerta. De pronto, la horda se precipita, la adelanta, no lo va a conseguir. El vagón ya está repleto, no queda ni un centímetro cuadrado libre. Y aun así sabe que puede entrar. Hay que forzar. Hay que estirar el brazo, atrapar la barra central, ignorar los gritos y las protestas, agarrarse y tirar. Tirar con todas sus fuerzas para propulsar su cuerpo hacia el interior. Tienen que hacerle sitio. Ante su determinación, la masa cede.

La señal sonora anuncia el cierre de puertas. Su brazo derecho aún está fuera, no le falta nada. La puerta se cierra a golpes, ignorando gemidos y lamentaciones.

Mathilde gana cuatro centímetros con su pie izquierdo, empuja por última vez, ya está dentro.

En el andén, una voz femenina anuncia que el tráfico en la línea 9 vuelve a la normalidad.

Todo es cuestión de perspectiva.

En las estaciones siguientes, Mathilde se hunde en el vagón, gana algunos centímetros más, se agarra para no tener que bajar.

No hay que ceder ni un milímetro.

El aire está cargado, los cuerpos se han fusionado en una única masa, compacta y agotada. Los comentarios son reemplazados por el silencio, cada cual aguanta con paciencia, el mentón se levanta hacia las ventanillas abiertas, las manos buscan apoyo.

Mientras, Mathilde piensa que el 20 de mayo también empieza así, con esta lucha absurda y miserable: con nueve estaciones que aguantar, nueve estaciones asfixiadas, arrancadas a la agitación de una mañana en hora punta, nueve estaciones buscando aire en medio de gente que no gasta de media más que una pastilla y media de jabón al año.

De pronto, una mujer empieza a emitir sonidos extraños, agudos y cada vez más largos. No son gritos ni protestas, sino más bien un quejido. Está agarrada a la barra central, comprimida entre unos pechos generosos y una mochila. El ruido que sale de la boca de esa mujer es insoportable. La gente se vuelve, la observa, intercambia miradas de perplejidad. La mujer busca con la mirada a alguien que pueda ayudarla. Mathilde consigue sacar una mano para apoyarla sobre su brazo. Sus miradas se cruzan. Ella sonríe.

La mujer deja de gemir, respira rápidamente, su rostro está deformado por el miedo.

–¿No se encuentra usted bien?

En el momento de hacer la pregunta, Mathilde toma consciencia de lo absurda de la misma. La mujer no responde, hace esfuerzos sobrehumanos para no gritar, respira cada vez más rápido, empieza a gemir y, entonces, grita. Estallan los comentarios, primero a media voz, después más alto: vaya idea la de coger el metro después de una avería cuando se sufre de claustrofobia, díganle que se baje, ah, no, no tire de la señal de alarma, por favor, lo que nos faltaba.

La mujer es un elemento perturbador, una *avería* humana susceptible de interrumpir el tráfico.

Mathilde ha dejado su mano apoyada sobre el brazo de la mujer, que la mira intentando sonreír.

«Bajaré con usted en la próxima estación. Solo quedan unos segundos, ¿ve?: el metro está frenando.»

El metro se ha detenido, las puertas se abren, Mathilde precede a la mujer para abrirle paso, por favor, muévanse, déjenla pasar. Tira a la mujer de la manga.

Mira en qué estación se encuentra. En el andén, bajo la inscripción Charonne, la obliga a sentarse. La mujer parece tranquilizarse, Mathilde le propone ir a buscar un poco de agua o algo de comer a la máquina. La mujer vuelve a mostrarse agitada, va a llegar tarde, no puede, no puede volver a coger el metro, acaba de encontrar trabajo en una agencia de trabajo temporal, sí, es claustrofóbica, pero normalmente no hay problema, lo soporta, creyó que podría conseguirlo.

Y entonces la mujer empieza a respirar deprisa, cada vez más rápido, a sacudidas, busca aire, parece que sus miembros comienzan a sufrir temblores, sus manos están agarradas la una a la otra en un gesto que escapa a su control.

Mathilde ha pedido ayuda, un pasajero ha subido hasta la taquilla. Un hombre de la compañía en uniforme caqui ha bajado. Ha llamado a urgencias. La mujer no puede levantarse, todo su cuerpo está tenso, se revuelve a golpes, sigue respirando agitadamente.

Esperan.

El andén está repleto, los agentes de la compañía han levantado un perímetro de seguridad, ahora son tres o cuatro. La gente se arremolina a su alrededor, estirando el cuello.

Mathilde tiene ganas de chillar. Se ve en la misma situación que esa mujer, las imágenes se superponen, durante un breve instante son una sola y única persona, asfixiada por las luces de neón, acurrucada cerca de una máquina de golosinas.

Y entonces Mathilde mira a su alrededor. Piensa que todas esas personas, sin excepción, un día u otro estarán sentadas allí, o en otro lado, y no podrán moverse. Un día de hundimiento.

Ha bajado al metro por una crisis de tetania en la estación de Charonne. Los bomberos han reenviado la llamada a la central, están desbordados por un incendio importante en su sector. Rose ha lanzado un aviso general, Thibault estaba a unas manzanas de allí, se ha detenido.

En estado de hiperventilación, una mujer de unos treinta años está sentada en el andén. Al llegar él, ya parece estar recuperando la calma. El gentío se amontona a su alrededor, las miradas curiosas, de puntillas. El gentío no se pierde nada del espectáculo. Entre dos han conseguido llevarla a la salita trasera de la taquilla, donde Thibault ha podido administrarle un sedante. La mujer ya respira con normalidad, sus manos se han relajado. Él había aparcado en doble fila, no podía quedarse. Un agente le ha prometido que la llevaría a un taxi en cuanto se recuperase.

En el semáforo, mira a su alrededor. Esa gente que camina deprisa, que sale arracimada de las bocas del metro, que cruza corriendo, esa gente que hace cola ante los cajeros automáticos, fuma al pie de un edificio o delante de una cafetería. Esa gente que no se puede ni contar, sometida al flujo, a la velocidad, observada sin saberlo, percibida de lejos, en las esquinas, una infinidad de identidades frágiles que él solo puede percibir en su globalidad. Detrás de su parabrisas, Thibault observa a las mujeres, la ropa ligera que empiezan a vestir, vestidos fluidos, faldas cortas, medias finas. A veces las piernas desnudas. Su forma de coger el bolso, el asa en la mano o la bandolera sobre el hombro, la forma de caminar sin ver a nadie o de esperar el autobús, la mirada perdida.

De pronto, piensa en aquella chica que llegó al liceo el último curso. Había grabado su nombre sobre un pupitre. Venía de Caen. O quizá de Alençon. Ahora piensa en aquella chica. Su suave cabello. Sus botas de montar y su aspecto de chico. Resulta extraño. Pensar en aquella chica, ahora. Había estado enamorado de ella. De su reflejo en la mirada de los demás. No se hablaban. Pertenecían a distintos grupos. Pensar en esa chica, más de veinte años después. Decirse: fue hace veinte años... y contar hasta veinticinco. Fue hace veinticinco años. Antes, cuando su mano izquierda tenía todavía cinco dedos.

Fue hace veinticinco años. Esas palabras resuenan como un error tipográfico, una broma de mal gusto. ¿Acaso puede decirse a sí mismo sin caerse de espaldas: «Fue hace veinticinco años»?

Ha dejado a Lila. Lo ha hecho. Hay en esa afirmación algo que transmite una sensación de hazaña, de conquista.

Sin embargo, la herida de amor contiene todos los silencios, los abandonos, las culpas, y todo eso, al cabo de los años, se suma para formar un dolor genérico. Y confuso.

Sin embargo, la herida de amor no promete nada: ni después ni en ninguna otra parte.

Su vida está dividida. De lejos, parece poseer una unidad, una dirección, puede contarse, describir las jornadas, el pasar de las horas y las semanas, seguir sus desplazamientos. Conocemos su domicilio, los hábitos que combate, los días en los que va al supermercado, las noches en las que no puede hacer otra cosa que escuchar música. Pero de cerca su vida se desdibuja, se divide en fragmentos, faltan piezas.

De cerca no es más que un Playmobil empotrado en el coche, las manos agarradas al volante, un personajillo de plástico que ha perdido su sueño.

El jefe de estación había anunciado la llegada inminente de un médico. Un nuevo convoy rugía a su izquierda, Mathilde no esperó. Ya llegaba muy tarde. Dejó a la mujer sentada, cuidada por otros. Parecía un poco menos tensa pero seguía sin poder levantarse. La mujer le dio las gracias. Mathilde subió al metro. Empujó para entrar y apoyó la espalda contra el respaldo de un asiento. Estaba bien situada. Bajó en Nation, se abrió camino entre el gentío impaciente, enfiló los pasillos de correspondencia y llegó a la línea 1. El tráfico parecía normal. Esperó menos de un minuto al siguiente metro, después bajó en Gare de Lyon.

Esta vez, Mathilde se dirige hacia el andén de cercanías. No mira la hora. Conoce de memoria los pasillos, las escaleras, los atajos, ese mundo subterráneo tejido como una tela en las profundidades de la ciudad. Para llegar a la línea D, Mathilde toma desde hace ocho años el largo corredor que pasa por debajo de la estación, donde se cruzan todos los días miles de personas: dos columnas de insectos desfilando por oleadas sobre las losas resbaladizas, una vía rápida de doble sentido en la que hay que respetar el ritmo, la cadencia. Los cuerpos se rozan, se evitan, se golpean a veces, en una extraña coreografía. Aquí tiene lugar un vasto intercambio entre el dentro y el fuera, entre la ciudad y su extrarradio. Aquí se tiene prisa, se camina deprisa, se va a trabajar, señora.

Antes, Mathilde formaba parte de los más rápidos, se desviaba hacia la izquierda, adelantaba con paso seguro e imponente. Antes se molestaba cuando el flujo reducía la velocidad, echaba pestes contra los lentos. Hoy es uno de ellos, siente que ya no es capaz de seguir el ritmo, se arrastra, ya no tiene energía. Se dobla.

Al otro extremo del corredor, al pie de las escaleras mecánicas, los torniquetes automáticos marcan la entrada al tren de cercanías. Hay que sacar el billete o el abono de transporte, franquear la frontera. En esa zona incierta, más profunda aún, puede uno comprarse un cruasán o el periódico o beber un café de pie.

Para acceder a las vías 1 y 3, hay que bajar aún más, hundirse en las entrañas de la ciudad. Aquí, metro y cercanías comparten territorio. El viajero de la línea D ignora lo que pertenece a uno u otro, se mueve como puede en ese perímetro común, en el punto de unión, de interconexión, da palos de ciego, como un rehén abandonado a su suerte en tierra de nadie.

Como los demás, con el tiempo, Mathilde aprendió un lenguaje más, sus rudimentos, también adquirió algunos reflejos ventajosos y reconoce las reglas elementales necesarias para su supervivencia. Los trenes llevan nombres compuestos de cuatro letras mayúsculas, inscritas en la parte delantera de la locomotora. El nombre de cada tren se llama *categoría.*

En dirección a Melun, para ir a su trabajo, Mathilde monta todos los días en el RIVA. No es un barco de caoba de hermosas líneas, ni la promesa de otra orilla. Solo es un ruidoso tren sucio de lluvia. Si lo pierde, toma el ROVO o el ROPO. Pero si monta por error en un BIPE, un RIPE o un ZIPE, horror: esos trenes no hacen ninguna parada hasta Villeneuve-Saint-Georges. Y el NOVO no se detiene hasta Maisons-Alfort. La dificultad reside en el hecho de que todos circulan por la misma vía.

Suspendidas del techo como televisores de hospital, las pantallas azules muestran la lista de los próximos trenes, su destino final, la hora a la que se espera su llegada y su eventual retraso. El retraso puede haber sido evaluado en minutos, caso por caso, o reflejado con la expresión «tren retrasado» parpadeante en todas las líneas, lo que es muy mala señal. Los tableros electrónicos de información, más antiguos, están situados en varios lugares del andén. Se contentan con anunciar la próxima salida y las estaciones en las que no paran, señaladas con un cuadrado blanco. A estas diferentes fuentes de información se añade cierto número de anuncios aleatorios, emitidos por una voz sintética. Generalmente contrarios a los de las pantallas o los tableros. Si los altavoces anuncian un ROPO, no es extraño que la señalización del andén indique la llegada de un RIPE.

El viajero de la línea D recibe, por tanto, informaciones contradictorias. Con un poco de experiencia, aprende a ordenarlas, a buscar confirmación, a considerar los distintos parámetros para tomar una decisión. El novato, el viajero esporádico llegado por azar, mira a todos lados, enloquece y pide socorro.

Mathilde tiene cara de alguien a quien se le puede pedir información. Desde siempre la paran por la calle, bajan la ventanilla cuando pasa, se acercan a ella con esa expresión de preocupación tan propia de esas situaciones. Entonces Mathilde explica, echa una mano, muestra el camino.

Son las nueve y media, las puertas del ROVO se cierran delante de sus narices, tendrá que esperar la llegada del próximo tren, dentro de un cuarto de hora. Al final del andén, domina el olor a orina, pero es el único sitio donde puede sentarse. Está cansada. Algunos días, mientras espera el ruido del tren, el trasero pegado al plástico naranja, se pregunta si en el fondo no sería mejor quedarse allí todo el día, en las entrañas del mundo, dejar pasar las horas inútiles, subir a mediodía a la planta superior a comprar un sándwich, volver a bajar, sentarse en su sitio. Salirse del flujo, del movimiento.

Rendirse.

Ha llegado el ROPO, ha dudado un segundo y ha entrado en el vagón. Una vez sentada, ha cerrado los ojos, solo los ha abierto cuando el tren ha salido a la superficie. El cielo estaba despejado.

Ocho minutos más tarde, en Vert-de-Maisons, ha bajado del vagón, se ha dirigido hacia el torniquete de la salida principal. Un cuello de botella ante el que los pasajeros se amontonan y terminan formando una fila, como ante la caja de un supermercado. Ha esperado detrás de los otros a que llegue su turno, ha respirado a pleno pulmón el aire del exterior.

Mathilde sube la escalera, atraviesa un túnel que pasa bajo las vías, sube hacia la calle.

Desde hace ocho años, todos los días hace ese trayecto, todos los días los mismos escalones, los mismos torniquetes, los mismos pasos subterráneos, las mismas miradas a los relojes, todos los días su mano se tiende hacia el mismo sitio para agarrar o empujar las mismas puertas, se apoya sobre los mismos pasamanos.

Con exactitud.

Al salir de la estación, siente haber llegado a su propio límite, un punto de saturación que no es posible traspasar. Siente que cada uno de sus gestos, cada uno de sus movimientos, por haber sido repetido más de tres mil veces, amenaza su equilibrio.

Después de haberla vivido durante años sin pensar en ella, hoy siente que esa repetición es una forma violenta contra el cuerpo, una violencia silenciosa capaz de destruirla.

Mathilde llega con más de una hora de retraso; no se apresura, no acelera el paso, no llama para avisar de que está a punto de llegar. De todas formas, a todo el mundo le da igual. Poco a poco, Jacques ha conseguido apartarla de todos los proyectos importantes en los que estaba trabajando, alejarla de toda responsabilidad, reducir al mínimo sus relaciones con el equipo. Con un gran esfuerzo de reorganización, de redefinición de tareas y de campos de trabajo, ha conseguido en unos meses despojarla de todas las funciones de su puesto. Sirviéndose de los pretextos más diversos y cada vez más oscuros, ha conseguido alejarla de las citas que hubieran podido permitirle mantenerse informada, integrarse en otros proyectos. A principios de diciembre, Jacques le envió un correo para recordarle que debía tomarse imperativamente los dos días de vacaciones de los que no había disfrutado el año en curso. Había esperado a la víspera de esos dos días para fijar para el día siguiente una fiesta informal para todo el personal. Retrasó diez veces la fecha de su entrevista anual de evaluación para terminar anunciándole que al final no se celebraría sin más explicación.

En la calle paralela a las vías, Mathilde se detuvo. Se enfrentó a la luz, el tiempo de sentir el sol en su rostro, de dejar que esa tibieza le acariciara los ojos, el pelo.

Son más de las diez y se dirige a la puerta de la cafetería de la estación.

Son más de las diez y le trae sin cuidado.

Bernard, bayeta al hombro, la recibe con una gran sonrisa:

–Bueno, señorita, no se pasó por aquí el viernes, para la lotería.

Ahora juega a la lotería dos veces por semana, lee su horóscopo en *Le Parisien* y consulta a videntes.

–Me cogí el día para ir a la excursión del colegio de mi hijo al Palacio de Versalles. El profesor necesitaba padres que le acompañaran.

–¿Estuvo bien?

–Llovió todo el día.

Bernard emite un gruñido de compasión, se vuelve hacia la máquina para preparar un café.

Mathilde se dirige hacia una mesa. Hoy es 20 de mayo, así que no se va a quedar de pie. Hoy, 20 de mayo, va a sentarse porque le ha costado más de hora y media llegar y lleva unos tacones de ocho centímetros.

Va a sentarse porque nadie la espera, porque ya no sirve para nada.

Bernard coloca la taza ante ella, aparta la silla del otro lado de la mesa.

–¿Y por qué esa cara tan triste esta mañana?

–Todos los días tengo la cara triste.

–Ah, no, la semana pasada, cuando te vimos entrar con tu vestido ligero, nos dijimos que ya olía a primavera. Es cierto, ¿eh, Laurent? Es primavera, Mathilde, ya verás, y la rueda gira como el vuelo de un vestido de flores.

La gente amable es la más peligrosa. Amenazan el edificio, minan la fortaleza, una palabra más y Mathilde podría echarse a llorar. Bernard ha vuelto detrás de la barra, trajina, le dirige de vez en cuando una sonrisa o un guiño. A esta hora el café está casi vacío, prepara los bocadillos y los sándwiches, la señal de salida para la hora de la comida. Canturrea una canción que conoce sin reconocerla, una de esas canciones de amor que hablan de recuerdos y de remordimientos. Los parroquianos, acodados a la barra, mirando al vacío, escuchan con un silencio sepulcral.

Mathilde mete la mano en su bolso buscando el monedero. Sin éxito. Con un gesto brusco, molesto, vierte el contenido sobre la mesa. Entre todos los objetos derramados ante ella –llaves, Biodramina, lápiz de labios, rímel, paquetes de clínex, cheques de restaurante– descubre un sobre blanco en el que reconoce la letra de Maxime: *Para mamá.* Rasga la solapa. En el interior, encuentra una de esas cartas de moda que han invadido los patios de los colegios y que sus hijos compran a precio de oro en paquetes de cinco o diez. Esas cartas con las que afrontan todo el día y que no paran de intercambiarse. Mathilde empieza a desplegar el papel que acompaña a la carta. Con letra esmerada, sin ninguna falta de ortografía, su hijo ha escrito: «Mamá, te doy mi carta del Defensor del Alba de Plata; es muy difícil de encontrar, pero no importa, la tengo repetida. Ya verás, es una carta héroe que te protege toda la vida.»

El Defensor del Alba de Plata, ataviado con una espléndida y brillante armadura, destaca sobre un fondo sombrío y tormentoso. En la mano izquierda sostiene una espada y, en la otra, blande un escudo inmaculado frente a un enemigo que no se ve. El Defensor del Alba de Plata es guapo, digno y valiente. No tiene miedo.

Bajo la imagen puede leerse el número de puntos que representa la carta, así como un texto breve que resume su misión: «El Defensor del Alba de Plata combate sin piedad todas las manifestaciones del mal que infectan Azeroth.»

Mathilde sonríe.

En el reverso, sobre un fondo ocre cubierto de nubes oscuras, se inscribe el nombre del juego en caracteres góticos: *World of Warcraft.*

Hace unos días, Théo y Maxime le explicaron que las cartas de *Pokémon* y *Yu-Gi-Ho!,* en las que habían invertido toda su paga desde hacía meses, se habían pasado de moda. *Has been.* Relegadas al armario. Ahora «todo el mundo» tiene cartas de *World of Warcraft* y «todo el mundo» no juega más que a eso. En consecuencia, sin cartas *WOW,* sus hijos se habían convertido en unos cutres, en menos que nada, en unos indigentes.

El sábado pasado, Mathilde les compró dos sobres a cada uno, saltaron locos de alegría. Se intercambiaron algunas, definieron estrategias de ataque y defensa, estuvieron entrenando todo el día para sus próximos combates. Combates virtuales que tenían lugar en el patio del colegio, a ras de suelo, de los que ella no entendía nada.

Mathilde mete al Defensor del Alba de Plata en el bolsillo de su chaqueta. La carta le ha dado valor para levantarse. Deja el cambio sobre la mesa, guarda sus cosas en el bolso, saluda a Bernard con la mano y abre la puerta del café.

A cientos de metros de altura, se tambalea, recupera el equilibrio, avanza el otro pie. La menor brisa, el más pequeño rayo cegador podría hacerla caer. Ha llegado hasta ese punto de fragilidad, de desequilibrio, en el que las cosas han perdido su sentido, la proporción. Hasta ese punto de permeabilidad en el que el más ínfimo detalle puede desbordarla de alegría o reducirla a la nada.

Vestida con bata de terciopelo, una mujer de unos cincuenta años le abrió la puerta. En cuanto vio a Thibault, su rostro se iluminó.

–¿Otra vez usted?

Ni la dirección ni el sitio, y menos aún el rostro de aquella mujer, le eran familiares.

–¿Perdón?

–Sí, usted vino hace quince días.

No la contradijo. Pensó que aquella mujer le confundía con otro médico. Entró tras ella, miró a su alrededor. El mueble del salón, las figuritas de porcelana, el grosor de los cortinajes de aquella estancia tampoco le sonaban nada. Tampoco el delgado cuerpo de aquella mujer, su camisón de nailon rosa ni sus inmensas y pintadas uñas. Tras auscultarla, Thibault le preguntó si había conservado la receta anterior para recordar el tratamiento que le había sido prescrito. El papel timbrado estaba firmado por él. Permaneció unos segundos mirando la receta, su propia letra y aquella fecha del 8 de mayo, en la que ciertamente había hecho una guardia desde las siete de la mañana hasta las siete de la tarde.

Durante una guardia, no es extraño ver al menos dos o tres pacientes conocidos, pero no suele recordarlos.

La mujer presentaba todos los síntomas de bronquitis. Escribió otra receta con la mano derecha, como lo viene haciendo desde hace años, a pesar de ser zurdo. Miró una última vez a su alrededor. Hubiera apostado una mano –o lo que quedaba de ella– a que nunca había puesto el pie en ese piso. Y sin embargo, aquí había estado hacía doce días.

Solo tiene ocho dedos. Cinco en una mano y tres en la otra. Eso es parte de él, esa parte que le falta, algo definido por sustracción. Es un momento de su vida, una fecha, una hora aproximada. Un momento inscrito en su cuerpo. Restado más bien. Es la noche de un sábado, cuando estaba terminando su segundo año de Medicina.

Thibault estudiaba en Caen, visitaba a sus padres un fin de semana al mes. Quedaba con sus amigos del instituto a tomar algo, más tarde iban a Maréchalerie, una discoteca de la región, a unos treinta kilómetros de su casa. Se embutían cuatro o cinco en la camioneta de Pierre, bebían licores fuertes acodados en la barra, bailaban sobre la pista, miraban a las chicas. Esa noche, Pierre y él se habían peleado por una tontería y el tono había ido subiendo, estalló algo entre ellos que venía de lejos. Él estaba en la Facultad de Medicina y Pierre había suspendido el bachillerato, él vivía en Caen y Pierre trabajaba en la gasolinera de su padre, él les gustaba a las chicas, que se fijaban en sus manos finas, y Pierre medía cerca de dos metros y pesaba ciento veinte kilos. Pierre estaba completamente borracho. Había empujado a Thibault varias veces, chillaba tanto que se le oía a pesar de la música: me importa una mierda tu cara de niño de buena familia. A su alrededor se hizo el vacío. Les habían pedido que se fueran. Sobre las tres de la madrugada, subieron a la camioneta, Thibault se sentó en el asiento del copiloto, los otros dos detrás. Pierre se quedó fuera, furioso, se negaba a conducir si Thibault no se bajaba. Que se largue. Que se las apañe. Que vuelva andando. La puerta del lado de Thibault estaba abierta, Pierre estaba frente a él y exigía que saliese. Discutieron unos minutos más, las protestas de los otros dos amigos aún más altas que sus voces. Ambos cedieron al mismo tiempo. Thibault se apoyó sobre el marco de la puerta para salir, Pierre la cerró con inusitada violencia. La camioneta tembló, Thibault lanzó un chillido. La puerta había quedado bloqueada, cerrada sobre su mano. Por turnos tiraron, empujaron, dieron patadas. En el interior, Thibault hacía un gran esfuerzo por no desmayarse. No recuerda cuánto tiempo permanecieron así, entre la locura y la confusión, sus gestos ralentizados por el alcohol, los insultos estallando de un lado y de otro, y él, solo en el interior del coche, la mano atrapada en la chapa. Media hora, una hora, quizá más. Quizá se desmayó. Cuando consiguieron abrir, la mano de Thibault estaba literalmente aplastada y dos de sus dedos colgaban a la altura de la articulación metacarpofalángica. Se dirigieron a la ciudad más cercana. En el hospital los atendió el cirujano de guardia.

Los dos dedos habían perdido el riego y estaban demasiado dañados como para pensar en una operación reparadora o de reimplante. Días más tarde, hubo que amputarle el meñique y el anular izquierdos: dos cosas muertas y entumecidas de las que apenas quedaba una superficie lisa y blanca por encima de la palma de la mano. Habían talado su sueño. En seco.

Su sueño tirado en el fondo de una papelera de un hospital de provincia cuyo nombre no olvidaría nunca. Ya no sería cirujano.

Tras superar el examen como residente, Thibault empezó a reemplazar al médico del pueblo donde había crecido, una semana al mes y dos meses durante el verano. El resto del tiempo, trabajaba para una red de asistencia a domicilio. Cuando el doctor M. murió, Thibault se hizo cargo de su clientela.

Pasaba consulta por las mañanas en su consultorio y reservaba las tardes para las visitas a domicilio. Cubría un perímetro de unos veinte kilómetros, devolvía un préstamo, comía el domingo en casa de sus padres. En Rai, en la región de Orne, se hizo un hombre respetable, a quien se saludaba en el mercado y se le solicitaba que formara parte del Rotary Club. Un hombre a quien se dirigían llamándole doctor y a quien le presentaban a las jovencitas de buena familia.

Las cosas habrían podido continuar así, seguir la línea de puntos. Habría podido casarse con Isabelle, la hija del notario, o con Élodie, la hija del representante de Groupama del pueblo vecino. Habrían tenido tres hijos, habría ampliado la sala de espera, la habría vuelto a pintar, habría comprado un monovolumen y habría buscado un sustituto para irse de vacaciones en verano.

Las cosas habrían sido sin duda más agradables.

Al cabo de cuatro años, Thibault vendió su consulta. Metió algunas cosas en la maleta y cogió el tren.

Tenía ganas de ciudad, de su movimiento, del aire cargado al final de la jornada. Quería agitación y ruido.

Empezó a trabajar en Urgencias Médicas de París, primero como sustituto, luego como temporal y después como socio. Continuó yendo y viniendo, aquí y allá, al ritmo de las llamadas de los pacientes y de sus perímetros de guardia. Nunca se volvió a marchar.

Quizá no tenga nada más que escribir una receta con bolígrafo azul en la esquina de una mesa. Quizá nunca llegue a ser nada más que quien pasa y se va.

Su vida está aquí. Aunque no se deje engañar. Ni por la música que se escapa de las ventanas, ni por las señales luminosas, ni por los gritos ante los televisores las noches de fútbol. Incluso cuando sabe desde hace mucho tiempo que el singular gana al plural y lo frágiles que son las conjugaciones.

Su vida transcurre dentro de un Clio asqueroso, con botellas de plástico vacías y envoltorios de Bounty arrugados en el suelo.

Su vida está en ese incesante vaivén, en esas jornadas agotadoras, esas escaleras, esos ascensores, esas puertas que se cierran tras él.

Su vida está en el corazón de la ciudad. Y la ciudad, con su estruendo, cubre las quejas y los murmullos, disimula su indigencia, exhibe su basura y su riqueza, acelerando sin cesar.

La torre centelleante se elevaba en la luz de la primavera. Una raya de nubes se reflejaba sobre las fachadas de cristal, el sol parecía filtrarse por debajo, refractado.

De lejos, Mathilde reconoció a Pierre Dutour, Sylvie Jammet y Pascal Furion, que estaban fumando un cigarrillo en la planta baja del edificio. Cuando llegó a su altura, se callaron.

Comenzó ahí, en el silencio.

Ese silencio de unos segundos, ese silencio incómodo. Se miraron, Sylvie Jammet se puso a rebuscar algo en el bolso, terminaron respondiendo buenos días, Mathilde, hicieron como que continuaban su conversación, pero algo había quedado en suspenso, entre ellos, entre ella y ellos. Mathilde entró en el edificio, sacó su tarjeta, la colocó ante la máquina de fichar cuyo reloj marcaba las 10.45, escuchó el pitido y comprobó la pantalla: *MATHILDE DEBORD: ENTRADA REGISTRADA*. Se dirigió hacia la máquina de bebidas, introdujo la moneda en la ranura, pulsó su selección, vio caer el vaso y el líquido llenándolo. Cogió el café, pasó ante el departamento informático, Jean-Marc y Dominique la saludaron con la mano, ella respondió de la misma forma, no se detuvieron. La puerta de cristal del departamento logístico estaba abierta, Laetitia estaba sentada a su mesa, el auricular del teléfono pegado al oído, le pareció que evitaba su mirada.

Algo no iba bien, algo se escapaba al ritual.

Algo se había extendido, propagado.

Mathilde pulsó el botón del ascensor, siguió la progresión de la cabina en la pantalla luminosa. En el momento en que se abrieron las puertas, Laetitia salió precipitadamente de su despacho y se metió con ella. Se besaron. Entre el primer y el segundo piso, Laetitia paró el ascensor. Su voz temblaba:

–Mathilde, te ha reemplazado.

–¿Qué dices?

–El viernes, cuando no estabas, la chica de comunicación, la becaria, se ha quedado con tu despacho.

Mathilde se quedó sin palabras. Aquello no tenía sentido.

–Han trasladado tus cosas, la han instalado allí, en tu sitio, definitivamente. Nadine me ha dicho que le habían hecho un contrato indefinido.

–Pero ¿con qué puesto?

–No lo sé, no he podido enterarme de más.

Laetitia desbloqueó la cabina. Mathilde escuchaba su respiración en silencio. No había nada más que añadir.

En el cuarto, Mathilde salió del ascensor. En el momento en que las puertas se cerraban, se volvió y le dio las gracias.

Mathilde avanzó por el pasillo, pasó por delante de la zona común, allí estaban todos: Nathalie, Jean, Éric y los demás, los vio a través de los cristales, absortos, atareados, todos muy concentrados, ninguno levantó la cabeza. Ella se había convertido en una sombra, intangible, transparente. Ya no existía. La puerta de su despacho estaba abierta, se dio cuenta enseguida de que su póster de Bonnard había desaparecido. Allí donde había estado se distinguía un rectángulo más claro.

La chica estaba allí, en efecto, sentada en *su* silla, delante de *su* ordenador. Su chaqueta estaba colgada en el perchero. Había tomado posesión del territorio. Había desplegado sus informes. Mathilde se obligó a sonreír. La chica respondió con voz débil a su saludo, sin mirarla. Se precipitó al teléfono para marcar el número interno de Jacques.

–Señor Pelletier, Mathilde Debord está aquí.

Él apareció detrás de ella, llevaba su traje negro, el de los grandes días, miró la hora en el reloj de pared, le preguntó si había tenido algún problema. Todo el mundo estaba buscándola desde hacía dos horas. Sin esperar respuesta, se preocupó por saber si estaba mejor, si había descansado, porque parece usted muy fatigada, Mathilde, de un tiempo a esta parte. Jacques lanzó una mirada a la chica, buscando su reacción, ¿no acababa de dar en pocas palabras la reluciente demostración de su bondad y su indulgencia? Así que no hay que creerse todo lo que se dice por ahí, todo cuanto circula por los pasillos. Mathilde empezó a explicar que se había cogido el día para acompañar a su hijo en una excursión del colegio, en el momento en que pronunciaba esas palabras se sintió humillada, ¿por qué tenía que justificarse, cómo había llegado hasta ese punto, a tener que explicar el motivo de cogerse sus días libres?

Era la primera vez que él le dirigía directamente la palabra desde hacía semanas. Con los zapatos de tacón, ella era unos centímetros más alta.

Hacía mucho tiempo, al volver de una cita, Jacques le había pedido que llevara zapatos planos, al menos los días en los que debían ir juntos fuera de la oficina. A Mathilde le había parecido encantadora esa muestra de debilidad, se había reído, y le había prometido que así lo haría.

–Como puede constatar, en su ausencia, hemos decidido hacer algunos cambios. El viernes pasado envié a todos una circular precisando los objetivos de la nueva organización, que pasan inevitablemente por una nueva distribución del espacio, con el fin de facilitar la circulación de la información en nuestro equipo. Por otra parte, tenemos el placer de darle la bienvenida a Corinne Santos, que se ha incorporado esta mañana. Corinne tiene la misma formación que usted, ha trabajado unos meses en el departamento internacional de L'Oréal y acaba de terminar unas prácticas en el departamento de comunicación, donde ha hecho maravillas, va a ayudarnos en la puesta en marcha del plan de producto 2010. Ella...

La voz de Jacques se perdió unos minutos, oculta por un zumbido. Mathilde se mantenía erguida, estaba frente a él pero ya no le oía; durante unos segundos le pareció que iba a disolverse, a desaparecer, durante unos segundos solo oyó eso, ese ruido terrible procedente de ninguna parte, ensordecedor. La mirada de Jacques iba de esa chica a la ventana, de la ventana a la puerta abierta, de la puerta abierta a esa chica, Jacques hablaba sin mirarla.

–Encontrará una copia de esa circular en su bandeja. En su ausencia me he permitido ordenar el traslado de sus cosas al 500-9, el despacho que estaba vacío.

Mathilde buscó aire para llenar sus pulmones, el aire que le habría permitido gritar o montar en cólera.
Le faltaba aire.

–Con el fin de evitar desenchufar y volver a enchufar todo el material, Corinne utilizará de ahora en adelante su ordenador. Nathalie ha hecho una copia de sus informes personales en un CD-Rom, puede pedírselo a ella. El departamento informático debería poner a su disposición un nuevo ordenador en el plazo más breve posible. ¿Alguna pregunta?

El ruido cesó. Silencio entre ellos y una sensación de vértigo.
No había palabras.

Corinne Santos la miró. Los ojos de Corinne Santos decían siento pena por usted, no tengo nada que ver. Si no hubiera sido yo, habría sido otra.
Los ojos de Corinne Santos eran inmensos y azules y pedían perdón.

En el mes de enero, en dos ocasiones, Mathilde solicitó cita con la responsable de recursos humanos. Patricia Lethu la escuchó con cara de circunstancias, tomó notas y marcó casillas. Se dirigió a ella con ese tono acompasado que la gente bien educada adopta con las personas a las que hay que cuidar. Con tono de confianza, Patricia Lethu le explicó que la empresa se había convertido en un universo complejo, sometida a la presión de la competencia, a la apertura de los mercados, sin hablar de las directivas europeas, la forma en la que todo eso, aquí como en cualquier otro lado, contribuye a generar tensión, estrés, conflictos. Le describió la dura realidad de la empresa como si Mathilde acabase de salir de un convento o se despertara de un largo coma. Con un suspiro, Patricia Lethu añadió que todos los responsables de recursos humanos se estaban enfrentando a las mismas dificultades, un auténtico quebradero de cabeza, y esa presión sobre los objetivos, omnipresente, no era fácil, no era fácil para nadie. Había que adaptarse, seguir siendo competitivos, no quedarse atrás. Porque, había que admitirlo, los empleados psicológicamente más débiles se encontraban pronto expuestos. De hecho, a la empresa le preocupaban mucho esas personas y estaba planteándose ofrecer seminarios con la ayuda de un consultor externo.

Patricia Lethu le aconsejaba tener paciencia. Con el tiempo, las cosas volverían a la normalidad, encontrarían una salida. Había que admitir que nada era inmutable, aceptar el cambio, buscar reajustes, ser capaz de reposicionarse. Había que aceptar ser cuestionada. Quizá hubiera llegado el momento para Mathilde de reflexionar sobre la posibilidad de tomar una nueva orientación, de poner al día sus competencias, de hacer balance. A veces la vida nos obliga a dar un paso adelante; hasta ahora Mathilde ha sabido adaptarse. Patricia Lethu se mostraba confiada, las cosas iban a arreglarse, le había estrechado la mano.

Observándolo más de cerca, en el expediente de Mathilde figura que está en situación de conflicto con su superior jerárquico. Por motivo de una repentina «incompatibilidad de caracteres».

La empresa instruye, ordena, considera la situación sin preguntarse su razón de ser, sin cuestionar su pertinencia, y, en virtud de esta misma lógica, admite que Mathilde se vea desposeída de su trabajo. Por ser *incompatible.*

En la medida en que la confianza se ha visto mermada, teniendo en cuenta los grandes retos a los que el marketing se enfrenta hoy en día, es normal que Jacques tome decisiones, reorganice el departamento, porque la empresa debe responder a una demanda que evoluciona continuamente, ofrecer los medios para anticiparse a ella, ganar segmentos de mercado, reforzar sus posiciones a nivel internacional, porque la empresa no puede contentarse con perpetuarse, porque la empresa debe estar en la cima. Eso es lo que Patricia Lethu le explicó en su segunda reunión. Daba la impresión de que se había aprendido de memoria el informe *Horizonte 2012,* publicado por la dirección de comunicación.

La actitud de Jacques, las razones de su comportamiento, el mecanismo del que Mathilde era víctima no podían ser considerados en sí mismos. El caso presente no está previsto en ningún programa informático, en ninguna planificación. La empresa reconoce que existe un problema y ese es el primer paso para la búsqueda de soluciones. Un cambio de destino en el seno de la misma empresa parece la solución más probable, pero los puestos de trabajo no se quedan libres con frecuencia y algunos, cuando se quedan vacantes, no se cubren.

Al final de la entrevista, en un tono más bajo y tras haberse asegurado de que la puerta estaba bien cerrada, con un repentino arranque de solidaridad, Patricia Lethu le aconsejó recoger por escrito los puntos de desacuerdo que la enfrentaban a Jacques. Y enviarle sus correos electrónicos con acuse de recibo.

–Pero encontraremos una solución, Mathilde. Tranquilícese –se apresuró a añadir.

Desde hace algunas semanas, Mathilde ya no tiene nada que hacer. Nada.

No es un descenso de ritmo, una ralentización, un a posteriori, unos días para respirar tras un periodo de sobrecarga. Es el cero absoluto, un vacío total.

Al principio, el equipo continuó pidiéndole ayuda, consultándole alguna cosa, contando con su experiencia, pero todo documento validado por ella recibía las críticas airadas de Jacques. Bastaba con que ella abriera un informe, que echara una ojeada a un estudio, que hubiese intervenido en la elección de un proveedor o de una metodología, que mostrase su conformidad con un plan de producto, para que él se opusiese.

Entonces, poco a poco, Nathalie, Jean, Éric y los demás renunciaron a cruzar la puerta de su despacho, a pedirle consejo: encontraron en otra parte la ayuda que necesitaban.

Eligieron su bando.

Para no arriesgarse a ser los siguientes en la lista, para preservar su tranquilidad. Por cobardía, más que por mala voluntad.

No les guarda rencor. A veces se dice que con veinticinco o treinta años ella tampoco habría tenido valor.

De todas formas, ya es demasiado tarde. Sin darse cuenta, ha dejado a Jacques construir un sistema de arrinconamiento, de exclusión, que no deja de demostrar su eficacia y contra el cual no puede hacer nada.

Sus carpetas y sus informes están amontonados, repartidos entre las estanterías y el armario. En una caja de cartón puesta en el suelo, Mathilde descubre el contenido de su cajón: vitamina C, paracetamol, grapadora, papel celo, rotuladores, típex, bolígrafos y más material de oficina.

Nunca ha tenido fotos de sus hijos sobre la mesa de su despacho. Ni florero, ni plantas, ni recuerdos de vacaciones. Exceptuando su póster de Bonnard, no trajo nada de su casa, no trató de personalizar su espacio, no marcó su territorio.

Siempre ha pensado que la empresa era un lugar neutro, desprovisto de afecto, donde ese tipo de cosas no encajaban.

Ha sido trasladada al despacho 500-9. Guardará sus cosas y se instalará allí. Trata de convencerse de que eso no tiene ninguna importancia, de que aquello no cambia nada. Ella está por encima de eso. ¿Iba a estar ella tan unida a su despacho como a su dormitorio? Ridículo. Aquí, al menos, está lejos de Jacques, lejos de todo, en la otra punta del edificio.

Al final del final, allí donde nadie se acerca, salvo para ir a los servicios.

Mathilde se sienta en su nueva silla, la hace girar, comprueba que las ruedas funcionan. La mesa y la mesita auxiliar están cubiertas por una fina capa de polvo. El arcón de metal no hace juego con el resto. De hecho, observándolo con más detalle, el mobiliario del despacho 500-9 está formado por piezas sueltas, correspondientes a distintos periodos de la empresa: madera clara, metal, formica blanca. El despacho 500-9 carece de ventana. La única fuente de luz procede de la superficie acristalada que lo separa, a media altura, del almacén de material, el cual da al exterior.

Por el otro lado, el despacho 500-9 linda con el lavabo de caballeros de la planta, del que está separado por una pared de contrachapado.

En la empresa, el despacho 500-9 es llamado «el cuartucho» o «la letrina», porque se percibe perfectamente el aroma a Frescor de Glaciares del espray para aparatos sanitarios y se oye la rotación del soporte de papel higiénico.

Cuenta la leyenda que un becario rebelde hizo durante varias semanas estadísticas precisas sobre el número de visitas a los servicios y el consumo medio de papel higiénico de todos los directivos de la planta. Una tabla de Excel que supuestamente llegó, al final del periodo de estudio, a la mesa del director general.

Por esa razón el despacho 500-9 permanece vacío. Casi siempre.

Mathilde colocó el Defensor del Alba de Plata ante ella. Falta poco para que le hable o, más bien, para que murmure en voz baja, como si estuviera rezando: «Bien, ¿y tú qué haces?»

El Defensor del Alba de Plata ha debido de quedarse dormido en alguna parte, perderse en los pasillos, equivocarse de planta. Como todos los príncipes y los caballeros blancos, el Defensor del Alba de Plata demuestra un sentido de la orientación más que discutible.

Desde donde se encuentra, con la puerta abierta, Mathilde puede vigilar las idas y venidas. Contar, constatar, advertir coincidencias. Una distracción como cualquier otra.

De hecho, Éric acaba de pasar. La mirada fija al frente, no se ha detenido.

Mathilde oye los ruidos, los identifica uno por uno: cerrojo, ventilación, chorro de orina, papel, cisterna, lavabo.

Ni siquiera tiene ganas de llorar.

Ha debido de colarse por despiste en otra realidad. Una realidad que no puede comprender, asimilar, una realidad cuya verdad no puede captar.

No es posible. Así no.

Sin que nunca, jamás, se haya dicho nada. Nada que pueda permitirle hacer caso omiso, rectificar.

Podría llamar por teléfono a Patricia Lethu, pedirle que se presente allí y que constate que ni siquiera dispone ya de ordenador.

Podría tirar sus informes por todo ese espacio, lanzarlos con todas sus fuerzas contra las paredes.

Podría salir de su nuevo despacho, ponerse a gritar en el pasillo o cantar algo de Bowie a voz en grito, imitar algunos acordes con una guitarra, bailar en medio de la zona común, balancearse sobre sus tacones, tirarse al suelo, para demostrar que existe.

Podría llamar al director general sin pasar por su secretaria, decirle que le importa un comino la proactividad, la optimización del saber estar, las estrategias *win-win,* la transferencia de competencias y todos esos conceptos vagos con los que los marea desde hace años, que más le valdría salir de su despacho de vez en cuando para ver lo que pasa y respirar el olor nauseabundo que invade los pasillos.

Podría plantarse en el despacho de Jacques armada con un bate de béisbol y destruirlo todo metódicamente: su colección de porcelana china, sus amuletos traídos de Japón, su sillón «Direction» de cuero, su pantalla plana y su CPU, sus litografías enmarcadas, las vitrinas, podría arrancar con sus propias manos los estores venecianos y, con un movimiento amplio, tirar toda su literatura de marketing al suelo y pisotearla con rabia.

Porque esa violencia que siente en su interior está inflándose de golpe: un grito contenido desde hace demasiado tiempo.

No es la primera vez.

La violencia sobrevino hace algunas semanas, cuando comprendió hasta dónde era capaz de llegar Jacques. Cuando comprendió que aquello no había hecho más que empezar.

Un viernes por la tarde, justo cuando acababa de llegar a casa, Mathilde recibió una llamada de la secretaria de

Jacques. Jacques estaba retenido en la República Checa; se había comprometido a escribir un artículo para el periódico interno sobre la innovación de un producto en el seno de la filial, estaba desbordado, no tendría tiempo. Por eso le había encargado a Barbara que se pusiera en contacto con Mathilde. El artículo debía entregarse el lunes por la mañana como muy tarde.

Por primera vez desde hacía meses, Jacques le pedía algo. Por persona interpuesta, eso sí, pero le pedía ayuda. Para eso, él tenía que haber pronunciado su nombre, recordar que ella había redactado decenas de textos que él había firmado sin cambiar una coma, admitir que podía necesitarla o, al menos, que ella estaba dentro del perímetro de su departamento.

Aquello podría haber llegado en mejor momento. Mathilde había previsto marcharse dos días a casa de unos amigos con los niños. Además, había pedido la mañana del lunes para hacerse la radiografía que le habían solicitado después de haberse quitado la escayola de la muñeca.

Había aceptado. Ya se las arreglaría.

Se había marchado al campo con su portátil, había trabajado buena parte de la noche del sábado al domingo. El resto del tiempo había reído, había jugado a las cartas, había ayudado en la cocina. Se había paseado con todos por la orilla del río, había respirado a pleno pulmón el olor de la tierra. Y le habían preguntado si las cosas en su trabajo se habían arreglado, había respondido que sí. La petición de Jacques le había bastado para pensar que la situación podía mejorar, para decirse que podría volver al estado anterior, para creer que todo aquello no era, en el fondo, más que una mala racha, una crisis que superarían y que terminaría olvidando, porque ella era así: no sentía amargura ni rencor.

El mismo domingo por la tarde, había enviado el artículo a Jacques a través de la mensajería instantánea de la empresa, con la que podía conectarse a distancia. Lo recibiría en cuanto llegase el lunes por la mañana o quizá esa misma tarde si ya había vuelto. Se durmió con una sensación de misión cumplida que no había experimentado desde hacía mucho tiempo.

Al día siguiente, Mathilde había acompañado a Théo y a Maxime al colegio, después había acudido a su cita en el hospital, donde tuvo que esperar una hora larga antes de ser atendida. Entrada la mañana, había vuelto a casa, había aprovechado ese momento de libertad para ordenar el armario de los niños y planchar algo de ropa. A la una de la tarde, se había comprado un bocadillo en la panadería de abajo y había ido al metro. Los vagones estaban casi vacíos, el trayecto le pareció fluido. Había pasado por la cafetería de la estación para tomar un café en la barra, Bernard le había felicitado por su buen aspecto. A las dos en punto de la tarde, había franqueado la puerta del edificio.

Jacques la estaba esperando. Apenas Mathilde había salido del ascensor, se había puesto a gritar:

–¿Y el artículo? ¿Y el artículo?

Mathilde había recibido el impacto directamente en el estómago.

–Se lo envié ayer. ¿No lo ha recibido?

–No, no he recibido nada. ¡Nada! He esperado toda la mañana, la he buscado por todas partes ¡y he tenido que anular una comida para escribir ese puto artículo que le pedí el viernes por la tarde! Supongo que tenía mejores cosas que hacer que dedicar algunas horas de su fin de semana a la empresa.

–Lo envié ayer por la noche.

–Sí, ya.

–Se lo envié, Jacques. Si no fuese así, usted sabe que se lo diría.

–Pues ya va siendo hora de que se entere de cómo funciona su mensajería instantánea.

Por las puertas entreabiertas, asomaron algunos rostros, ojeadas furtivas hacia el pasillo. Aturdida, Mathilde había permanecido silenciosa. Sin aliento, apoyada en la pared, había tenido que revisar paso por paso lo que había hecho a su vuelta el domingo por la tarde, antes de llegar a visualizar la escena: había puesto la mesa, había metido la pizza en el horno, había pedido a Simon que bajase la música y después había encendido el portátil, sí, se recordaba poniéndolo en marcha, sentada trente a la mesita del salón. Más tarde, necesariamente, había enviado el artículo, no podía ser de otra forma.

Y entonces empezó a dudar. Ya no estaba tan segura. Quizá algo la interrumpiera y no enviara el correo. Quizá cometiera un error al teclear, se equivocara de destinatario, olvidara adjuntar el archivo... Ya no estaba segura de nada. Quizá olvidara enviar el artículo. Simplemente.

El pasillo estaba vacío. Jacques se había marchado.

Mathilde se había precipitado a su despacho, había encendido su ordenador, había escrito la contraseña, había esperado la aparición de todos los iconos y a que el antivirus efectuase los controles, todo aquello parecía durar una hora, sentía el pálpito de una vena en el cuello. Al final había podido abrir la carpeta de mensajes enviados. El correo estaba allí, en la primera línea, con fecha del día anterior, a las 19.45. No había olvidado el archivo adjunto.

Desde su despacho había llamado a Jacques para que acudiese a comprobarlo él mismo, a lo que él le había respondido, lo suficientemente alto como para que todo el mundo le oyese:

–No he recibido nada y no me importa lo más mínimo su buena conciencia.

Jacques cuestionaba su palabra.

Jacques le hablaba como a un perro.

Jacques mentía.

Había recibido el artículo. Lo sabía. Probablemente incluso se habría inspirado en él para escribir el suyo.

Mathilde le había reenviado el correo.

¿Para demostrarle qué?

Resultaba vano, ridículo, un lamentable arrebato para continuar en pie.

Por primera vez, había visto a Jacques muerto. Los ojos abiertos. Por primera vez se había visto disparar a quemarropa, había imaginado el disparo, potente, irremediable. Por primera vez, había visto el agujero en medio de su frente. Limpio. Y la piel quemada alrededor.

Más tarde había vuelto aquella imagen y, luego, otras: Jacques tendido en el suelo a la entrada del edificio, un remolino de gente alrededor de su cuerpo, el hilillo de espuma blanca en la comisura de su boca.

Jacques bajo la luz azul del aparcamiento, arrastrándose con los codos, las piernas rotas, trituradas, aplastadas, implorando su perdón.

Jacques apuñalado con su abrecartas de plata, chorreando sangre en su sillón «Direction».

En aquel momento, esas imágenes la habían calmado.

Después, Mathilde sintió miedo de que algo se le escapara, la arrastrara, algo que no podría impedir.

Las imágenes eran tan claras, tan precisas... Casi reales.

Temía su propia violencia.

Thibault prosiguió con una gastroenteritis en la calle Bobillot, una crisis de tetania en la avenida Dorian y una otitis en la calle Sarrette.

A las once llamó a Rose para preguntarle si el distribuidor tenía la intención de llevarle durante todo el día de una esquina a otra de los dos sectores. No quería dar problemas, pero Francis debía hacer todo lo posible para racionalizar mínimamente sus desplazamientos y más cuando se trataba de urgencias clasificadas de nivel cuatro por el regulador.

Y eso era precisamente lo que había ocurrido: Francis no estaba. Había caído enfermo. La central había tenido que llamar a un distribuidor para que le sustituyera.

Rose precisó:

–Ha trabajado para SOS.

Thibault estaba de mal humor, no pudo evitar contestarle con ironía: a aquel tío quizá le divirtiera hacer que los los médicos de SOS se pasearan por todo París, pero si ella pudiese explicarle que ese no era el estilo de la casa le haría un gran favor.

La voz de Rose tembló:

–Hoy nos ha caído un marrón, Thibault. Lo siento. Será

mejor decírtelo ya: la línea directa del SAMUR no para de sonar, nos endosan pacientes por decenas. De hecho, ahora tienes que ir a la calle Liancourt, un hombre de treinta y cinco años se ha encerrado en el cuarto de baño. Está en plena crisis de delirio. Amenaza con cortarse las venas, ya ha intentado suicidarse otras cuatro veces, su mujer quiere ingresarlo en un hospital.

Lo que le faltaba, un berenjenal. En su jerga, es el nombre que se da a las visitas que nadie quiere hacer. Porque, en general, se emplea medio día. Entre los berenjenales, figuran los ingresos involuntarios, las detenciones policiales y los certificados de defunción.

Thibault dijo que iría. Porque adora a Rose y porque apenas le preocupa su rendimiento por horas. Colgó.

Unos segundos más tarde escuchó el *bip* del SMS que le precisaba el código, el piso y el nombre de la persona que había llamado. De todas formas, comprobó que no se trataba de un mensaje de Lila. Por si acaso.

Sabe lo que le espera. Si no consigue convencer al paciente de que firme el ingreso voluntario, habrá que llamar a la policía y a la ambulancia, confiando en que no acabará todo como la última vez. La joven había conseguido darse a la fuga por los tejados. Y después había saltado. No había cumplido los veinte.

Recuerda que esa misma noche había quedado en casa de Lila. Nada más entrar, había sentido ganas de echarse en sus brazos, de que ella le acogiera, que lo envolviese, ganas de sentir el calor de su cuerpo. De librarse de sí mismo, unos segundos. Había dado ese paso hacia ella, ese movimiento de abandono. Y después, en una fracción de segundo, instintivamente, el movimiento se había interrumpido. Lila no se había movido. Lila estaba allí, delante de él, con los brazos pegados al cuerpo.

Desde hace veinte minutos está atrapado detrás de una camioneta estacionada en medio de la calzada, en la calle Mouton-Duvernet.

Dos hombres descargan ropa con parsimonia, arrastrando los pies, con un cigarrillo en la mano. Desaparecen en la tienda, reaparecen varios minutos más tarde. Se toman su tiempo.

Thibault mira a su espalda. Se han apiñado varios coches, no puede dar marcha atrás.

Tras la sexta ida y venida de los dos hombres con la misma lentitud, algo chulesca, Thibault hace sonar el claxon. Los otros coches imitan su gesto al instante, como si hubiesen esperado la señal. Uno de los dos hombres se vuelve hacia él, el codo doblado, el dedo corazón apuntando al cielo.

Por una fracción de segundo, Thibault se ve saliendo del coche, precipitándose sobre aquel hombre y moliéndole a palos.

Entonces, enciende la radio, sube el volumen. Inspira profundamente.

Desde siempre, Thibault tiene por norma cambiar de sector cuando solicita sus guardias. Los ha atravesado en todos los sentidos y de todas las formas posibles, conoce su ritmo y su geometría, conoce las casas de okupas y las mansiones, las casas cubiertas de hiedra, el nombre de los barrios marginales con viviendas de protección oficial, el número de los huecos de escalera, las torres envejecidas y las flamantes residencias con aspecto de piso piloto.

Hace mucho tiempo creyó que la ciudad le pertenecía. Solo porque conocía cada una de sus calles, el callejón más estrecho, los laberintos más insospechados, el nombre de las nuevas avenidas, los pasajes oscuros y esos barrios surgidos de ninguna parte al borde del Sena.

Ha hundido sus manos en el vientre de la ciudad, en lo más profundo. Conoce los latidos de su corazón, sus antiguos dolores que la humedad revela, sus estados de ánimo y sus patologías. Conoce el color de sus hematomas y el vértigo de su velocidad, sus secreciones putrefactas y sus falsos pudores, sus noches de alboroto y sus mañanas de fiesta.

Conoce a sus príncipes y a sus mendigos.

Vive encima de una plaza, nunca echa las cortinas. Quería luz, ruido. Ese movimiento circular que nunca se detiene.

Durante mucho tiempo creyó que la ciudad y él latían al mismo ritmo, que eran un solo ser.

Pero hoy, después de diez años pasados al volante de su Clio blanco, diez años de atascos, de semáforos, de túneles, de calles de sentido único, de estacionamientos en doble fila, a veces le parece que la ciudad se le escapa, que se ha vuelto hostil con él. Le parece que precisamente por su grado de intimidad, porque conoce mejor que nadie su aliento almidonado, la ciudad espera el momento adecuado para vomitarle, para escupirle como si fuese un cuerpo extraño.

En su cuartucho, Mathilde comprueba que la línea telefónica funciona. Descuelga el auricular, marca el cero, espera tono.

Tranquilizada por la posibilidad de tener contacto con el exterior, vuelve a colgar.

Se estira en la silla, acaricia la formica con la palma de la mano, busca en el silencio el murmullo del tiempo que pasa. Quedan dos horas para la pausa de la comida.

Le habría gustado ponerse falda, hacer brillar sus medias satinadas a la luz de la mañana. Por culpa de la quemadura ha tenido que ponerse un pantalón. Como era 20 de mayo, eligió el más fluido, el más ligero.

Si lo hubiese sabido...

Suena el teléfono, se sobresalta. La pantalla muestra el número del móvil de Simon, confirmándole que su línea ha sido correctamente transferida.

Su profesor de Matemáticas no ha ido, quiere saber si puede saltarse el comedor del colegio, comer en casa de su amigo Hugo y volver al instituto por la tarde.

A ella le parece bien.

Le gustaría hablar con él, alargar la conversación, ganar algunos minutos al aburrimiento, saber qué aspecto tiene el mundo ahí fuera, hoy, 20 de mayo, si él percibe en el aire algo singular, cierta humedad, cierta melancolía, algo que se resista a la ciudad, a sus prisas, que se oponga a su ritmo.

No puede hacerle este tipo de preguntas tan absurdas, le preocuparía.

Por un instante piensa que podría pedirle que volviera a casa ahora mismo, a preparar sus cosas y las de sus hermanos, una bolsa cada uno, nada más. Porque se van, sí, ahora, los cuatro, se van lejos, allí donde el aire es respirable, allí donde pueda recomenzar todo.

Detrás de Simon, adivina el rumor de la calle, va a comer en casa de su amigo Hugo, nota que tiene prisa, tiene catorce años, tiene su vida.

Mathilde le manda un beso y cuelga.

Sus manos descansan al lado del teléfono. Sus manos están como el resto de su cuerpo: inertes.

A lo lejos, una fotocopiadora escupe ciento cincuenta folios por minuto. Escucha la máquina, regular; intenta distinguir cada nota, cada sonido –succión, papel, rodillo de arrastre–, cuenta: ciento doce, ciento trece, ciento catorce. Recuerda que una tarde de invierno, hace mucho tiempo, había tenido que quedarse hasta tarde para terminar, con la ayuda de Nathalie, una presentación de la actividad del departamento. Los despachos estaban vacíos. Antes de marcharse, tenían que hacer cuatro copias del documento. Mathilde había pulsado el botón verde, el ruido de la máquina había llenado todo el espacio, repetitivo, mareante. Y, entonces, el ruido se había transformado en música, se habían puesto a bailar durante todo el tiempo que aquello había durado, descalzas sobre la moqueta.

Eran otros tiempos. Tiempos de ligereza, de despreocupación.

Hoy había que aparentar.

Mostrar estar ocupada en un despacho vacío.

Mostrar estar ocupada sin ordenador, sin conexión a internet.

Mostrar estar ocupada cuando todo el mundo sabe que no está haciendo nada.

Cuando ya nadie espera su trabajo, cuando su sola presencia basta para desviar la mirada.

Antes recibía noticias de sus amigos. Llamaba por teléfono. Unos minutos robados a la vuelta de la comida, al final de la tarde o entre dos reuniones. Mantenía el vínculo, compartía con ellos el día a día. Les contaba cosas de los niños, los proyectos, los lanzamientos. Lo anecdótico y lo esencial. Hoy ya no llama. No sabe qué decirles. No tiene nada que contar. Rechaza las invitaciones a cenar, las veladas, ya no va a restaurantes ni al cine, ya no sale de su casa. Ha agotado todos los pretextos, se ha perdido en excusas cada vez más vagas, ha evitado sus preguntas, no ha respondido a sus mensajes.

Porque ya no puede aparentar más.

Porque siempre llega un momento en el que terminan preguntándole: «¿Y qué tal tu trabajo?»

Ante sus miradas, se siente aún más desarmada. Sin duda piensan que por el humo se sabe dónde está el fuego, que ha debido de cometer un error o meter la pata. Bajo su punto de vista, ella es la que no está bien. La que tiene *problemas.* Ya no forma parte de los suyos. Ya no sabe reírse de su jefe, contar cosas de sus compañeros, alegrarse del éxito de su empresa o inquietarse por las dificultades que atraviesa, con gesto preocupado. El aspecto propio de alguien que trabaja. Ahora le da igual. Ya todo le importa un bledo. No saben hasta qué punto su *tenderete,* como dicen ellos, está cerrado a cal y canto. Hasta qué punto el aire que respiran está viciado, saturado. O quizá sea ella. Quizá sea ella la que no está bien. La que ya no se adapta. La que es demasiado débil para imponerse, para marcar su territorio, para defender su sitio. A ella es a quien la empresa ha aislado como medida sanitaria, un tumor descubierto de forma tardía, un amasijo de células insanas amputado del resto del cuerpo. Cuando la miran, se siente juzgada. Entonces calla. Ya no responde. Cambia de acera cuando se cruza con ellos. Les hace una señal de lejos.

Entonces, desde hace semanas, vive en un círculo cerrado con sus hijos, gasta en ellos la energía que ya no tiene. El resto no importa.

Y cuando su madre la telefonea, se excusa diciendo que la llamará más tarde porque en ese momento está desbordada.

La fotocopiadora se ha detenido, ha vuelto el silencio.

Pesado.

Mathilde mira a su alrededor.

Le gustaría hablar con alguien. Alguien que ignorara todo sobre su situación, que no sintiera por ella ninguna compasión.

Porque tiene tiempo, porque tiene todo el tiempo del mundo, va a llamar a la mutua. Hace varios días que tiene que hacerlo para conocer la cobertura del seguro, qué porcentaje tendrá que pagar del inminente tratamiento de ortodoncia de Théo.

Es una buena idea, la mantendrá ocupada.

Mathilde saca su tarjeta de afiliada del bolso, marca el número. Una voz grabada la informa de que su llamada será facturada a treinta y cuatro céntimos el minuto. El tiempo de espera no se contabiliza. La voz sintética le pide que marque # después de concretar el motivo de su llamada marcando 1, 2 o 3. La voz sintética le propone diferentes opciones entre las que se supone que estará su caso.

Para hablar con alguien –una persona de verdad, con una voz de verdad, capaz de aportar una respuesta de verdad– hay que escaparse del menú. No ceder a las propuestas. Resistir. No marcar ni 1, ni 2, ni 3. Como mucho, alguna vez, 0. Para hablar con alguien, hay que ser diferente, no entrar en ninguna casilla, en ninguna categoría. Hay que reivindicar su particularidad, no parecerse a nada, no ser nada más que otra cosa, justo eso: otro motivo, otra petición, otra gestión.

A veces, de esta forma se consigue intercambiar algunas palabras con una persona de verdad. Otras veces el sistema telefónico da vueltas y vueltas, reenvía al menú principal y es imposible salir de allí.

La voz la informa de que un operador le responderá en unos minutos. Mathilde sonríe. Intenta identificar la música de espera, le suena esa canción, solo eso, pero no consigue identificarla.

Espera.

Al menos habrá hablado con alguien.

Ha conectado el altavoz del aparato. La cabeza entre las manos, ha cerrado los ojos. No ha oído a Patricia Lethu entrar sigilosamente. En el momento en que sus miradas se cruzan, la música se detiene. La voz sintética le anuncia que todos los operadores están en ese momento ocupados, la mutua la invita a volver a llamar pasados unos minutos.

Mathilde cuelga el aparato.

Patricia Lethu es rubia y está bronceada. Lleva zapatos de tacón a juego con sus trajes sastre y joyas de oro. Forma parte de ese grupo de mujeres que saben que nunca debe combinar más de tres colores y que los anillos se llevan en número impar. En verano viste de blanco, beis o crudo, deja los colores oscuros para el invierno. Todos los viernes, cierra con llave la puerta de su despacho, toma un vuelo para Córcega u otra parte, algún lugar del sur, algún lugar donde hace buen tiempo.

Se comenta que está casada con el número dos de un gran grupo automovilístico. Se dice que ha entrado en la empresa porque su marido es el mejor amigo del presidente de la filial. Se dice que vive en un piso de doscientos metros cuadrados en el distrito dieciséis. Se dice que tiene un amante más joven que ella, un directivo del *holding.* Circulan algunos nombres. Porque desde hace algunos meses Patricia Lethu viste faldas cada vez más cortas.

En vacaciones, Patricia Lethu vuela a isla Mauricio o a las Seychelles con su marido. Vuelve más bronceada aún.

La responsable de recursos humanos solo sale de su despacho en las grandes ocasiones: fiestas de despedida por jubilación, juntas generales, celebraciones navideñas. El resto del tiempo, tiene mucho trabajo. Solo recibe con cita previa.

Esa mañana, un gesto amargo deforma su boca. Mira a su alrededor, se siente incómoda.

Mathilde calla. No tiene nada que decir.

El chorro que lanza un hombre cuando orina se aleja suficientemente de su cuerpo para producir un ruido de salpicadura. Que envuelve el silencio.

El torrente de la cisterna no tarda en hacerse oír. En los servicios, alguien tose, después abre el grifo. Es Pascal Furion, Mathilde lo sabe, le ha visto entrar.

Una nube de espray de Frescor de Glaciares invade ahora su despacho.

Patricia Lethu escucha los ruidos procedentes del otro lado del tabique. El aire del secador de manos, un nuevo ataque de tos, la puerta que se cierra. En otras circunstancias, Patricia Lethu forma parte de esas mujeres que saben rellenar el silencio. Pero hoy no. Ni siquiera intenta sonreír. Si se la observa con atención, Patricia Lethu parece vulnerable.

–Me han comunicado que usted había cambiado de despacho. Yo... lo ignoraba, no vine el viernes. Le confieso que..., en fin..., acabo de enterarme.

–Yo también.

–Veo que no tiene usted ordenador. Nos encargaremos de eso. Considere que se trata de una solución transitoria, no se preocupe, vamos...

–Ha pasado usted por delante del despacho de Jacques, ¿verdad?

–Esto..., sí.

–¿Estaba allí?

–Sí.

–¿Ha hablado usted con él?

–No, quería verla primero a usted.

–Entonces, escúcheme. Voy a llamarle, aquí y ahora. Voy a llamarle delante de usted para pedirle una entrevista. Por décima vez. Porque me gustaría saber qué hacer, ¿sabe usted? Hoy, por ejemplo, en su opinión, ¿qué tipo de trabajo podría hacer sin ordenador, sin haber participado en ninguna reunión de equipo y sin tener copia de ningún documento interno desde hace más de un mes? Voy a llamarle porque Jacques Pelletier es mi superior jerárquico. Voy a decirle que está usted aquí, que ha bajado usted, voy a pedirle que venga.

Patricia Lethu asiente con un movimiento de cabeza, sin pronunciar palabra. Le cuesta tragar la saliva.

Nunca ha visto a Mathilde en ese estado de ánimo, exasperada. Bajando el tono, Mathilde la conforta:

–No se preocupe usted, Patricia, no va a responder. Nunca responde. Pero podrá usted constatar, cuando pase delante de su despacho, que todavía está allí.

Mathilde marca el número de Jacques. Patricia Lethu contiene el aliento. Hace girar su alianza con el pulgar.

Jacques no descuelga el teléfono.

La responsable de recursos humanos se acerca a Mathilde, se sienta en el borde de la mesa.

–Jacques Pelletier se ha quejado de que tiene la impresión de que usted se ha vuelto agresiva con él. Dice que se ha hecho muy difícil comunicarse con usted. Que usted muestra señales claras de rebeldía, que no comulga usted con las orientaciones del departamento, ni con las de la empresa.

Mathilde está atónita. Piensa en esa palabra, *comulgar,* hasta qué punto le parece grotesca. ¿Hasta qué punto debería ella, hubiese debido, *comulgar,* acatar, adherirse, no formar más que uno solo, fundirse, confundirse? Someterse. Ella no *comulga.* Le gustaría saber cómo se mide eso, cómo se cuenta, cómo se evalúa.

–Escuche, debe de hacer tres meses que no he tenido una conversación digna de ese nombre con Jacques Pelletier y varias semanas que no me ha dirigido la palabra. Salvo esta mañana, para explicarme que me habían trasladado de despacho. Por tanto, no sé muy bien a qué se refiere.

–Yo..., bueno..., resolveremos este problema. Por supuesto, usted solo está aquí de modo provisional. Quiero decir, esto..., esto no puede durar.

El ruido del mecanismo del soporte de papel higiénico interrumpe su conversación.

De pronto teme que Patricia Lethu vaya a derrumbarse. Algo en su mirada. Un desaliento. Algo que pasa muy rápido, una expresión de disgusto.

La responsable de recursos humanos se echa el pelo hacia atrás. Ya no se atreve a mirar a Mathilde.

Con un movimiento del pie derecho, Mathilde da un impulso a su asiento. Las ruedas se deslizan, se acerca a Patricia.

–No voy a aguantar, Patricia, ya no puedo más. Quiero que usted lo sepa. He llegado al límite de lo que podía soportar. He pedido explicaciones, he intentado en vano mantener el diálogo, he sido paciente, he hecho todo lo que estaba en mi mano para que la situación se arreglara. Pero ahora, la prevengo, no voy a...

–La entiendo a usted, Mathilde. Este despacho sin luz, sin ventana..., en fin, tan alejado..., lo sé muy bien..., no es posible.

–Sabe usted tan bien como yo que esto no se reduce a la cuestión del despacho. Me gustaría trabajar, Patricia. Me pagan tres mil euros netos al mes y me gustaría trabajar.

–Yo... voy a ocuparme de eso. Encontraremos una solución. Voy a empezar por llamar al departamento informático para que le instalen enseguida un ordenador.

Patricia Lethu se ha marchado. En el momento en que franqueaba la puerta, se ha girado hacia Mathilde y ha repetido voy a ocuparme de esto. Su voz temblaba, su peinado había perdido su volumen, su movimiento. De espaldas también parecía cansada.

«El Defensor del Alba de Plata combate sin piedad todas las manifestaciones del mal que infectan Azeroth.» Por el momento, está durmiendo, descansando, reponiendo fuerzas. Mathilde mira la carta. Se pregunta si Patricia Lethu la ha visto. Se acerca a ella, la acaricia con las yemas de los dedos. Después, mira por encima de la carta, en un espacio situado en el interior de su pensamiento pero que está allí, delante de ella, un espacio transparente, sobre el que nada se refleja ni puede ser proyectado.

La mujer viste unos vaqueros viejos y un jersey informe cuyas mangas esconden sus manos. Sus ojeras tienden al violeta, no está peinada.

Están sentados en el salón, Thibault le ha hecho varias preguntas sobre el estado de su marido. Él está allí, al otro lado de la puerta, le oyen toser. Ella le ha avisado de que iba a venir alguien. La ha llamado puta y ahora se niega a responder.

Todo comenzó hace unos días. Él había tirado todo el contenido del frigorífico asegurando que estaba envenenado y no paró de comprobar que el gas estaba cerrado. Se niega a encender la luz, a sentarse, a tumbarse, ha pasado la noche de pie en la entrada. Esta mañana, tras haberle explicado a su mujer que las fuerzas del mal se infiltraban en su casa por el cable del teléfono y los conductos de ventilación, se ha encerrado en el cuarto de baño. Ha estado hospitalizado en varias ocasiones por culpa de episodios depresivos graves. Hasta ahora, no había sufrido ninguna fase delirante. Le ha dicho que iba a acabar con su vida, por ella y por su hija, para protegerlas. Quiere que ella abandone el piso, que se vaya lejos, lo más lejos posible, para que no se contamine con su sangre. Él está esperando que ella se vaya ya.

La mujer mueve su silla.

Entonces Thibault descubre a la niña pequeña que está tras ella, no la ha visto entrar. Una silueta minúscula, acurrucada contra su madre, que le mira fijamente, con los ojos muy abiertos por el miedo.

En diez años en Urgencias Médicas, ha visto de todo. Ha visto de cerca la angustia, el desamparo, la locura. Conoce el sufrimiento, sus accesos de terror, a quien se hunde, a quien se desvía y a quien se pierde. Conoce esa violencia, está acostumbrado.

Pero eso no.

La niña le observa. No tiene ni seis años.

–¿No tienes cole?

Dice que no con la cabeza y se esconde de nuevo detrás de su madre.

–No he podido llevarla. No quería dejar a mi marido solo.

Thibault se levanta y se acerca a la chiquilla. Ella mira su mano izquierda, él sonríe. Los niños son los que más rápidamente se fijan en su minusvalía.

–Me gustaría que fueses a jugar un poco a tu habitación, porque tengo que hablar a solas con tu mamá.

Thibault le ha explicado a la mujer que iba a intentar convencer a su marido para que ingresara en un hospital. En el caso de que no lo lograra, tendría que llamar a la comisaría y ella debería firmar la petición de internamiento forzoso, porque su marido representaba un peligro para él mismo y quizá para su familia.

Se ha acercado a la puerta, se ha agachado para estar a la altura del hombre cuya respiración percibe. Ha hablado con él durante media hora. El hombre ha terminado abriéndole la puerta, Thibault ha entrado en el cuarto de baño. El hombre estaba tranquilo. Se ha dejado auscultar. Thibault le ha tomado la tensión. Ha simulado que era demasiado elevada, una estratagema que suele desplegar para convencer a los pacientes de la necesidad de una hospitalización. El hombre ha aceptado la inyección. Han hablado unos diez minutos y ha accedido. Incluso en lo más profundo del delirio, incluso en los episodios maniacos más avanzados, existe una falla. Un intersticio minúsculo de lucidez por el que hay que colarse.

Ha llegado la ambulancia. Thibault ha permanecido con el hombre hasta que ha montado en el vehículo. Una vez cerradas las puertas, instintivamente, ha levantado la cabeza. Detrás de la ventana, la niña estaba mirándole.

¿Qué guardará de esas imágenes, de ese tiempo en suspenso, de esos días en los que las cosas se han desviado?

¿En qué adulto se convierte uno después de haber descubierto tan pronto que la vida puede derrumbarse? ¿Qué tipo de persona, con qué armas cuenta, hasta qué punto está desarmada?

Han vuelto las preguntas, como siempre. Las preguntas vuelven cuando todo ha terminado. Cuando ha hecho su trabajo y deja tras él gente destrozada a la que no volverá a ver.

Thibault montó en su coche, el perfume de Lila flotaba en el aire, su huella invisible le producía un nudo en la garganta.

Volvió a consultar el móvil, dos nuevas direcciones estaban esperándole. La primera no estaba muy lejos, giró la llave de contacto para arrancar. El vacío le invadió al instante. Compacto.

En cuanto entra en el coche, aparece el vacío.

En el semáforo piensa en ella, cuando su pie pisa el acelerador piensa en ella, cuando cambia de marcha piensa en ella.

Son las doce y media y no tiene hambre. En lugar de estómago tiene un agujero. Un dolor brutal. Algo que le oprime, que quema, que no pide ningún alimento, ningún consuelo.

Conoció a Lila una noche de otoño, en el Bar des Oies, en esa parte de la calle que remonta hacia el cielo. Antes se habían cruzado en varias ocasiones, por su casa, delante de la piscina o cerca de la panadería. Esta vez estaban tan cerca que les fue imposible errar el tiro. Apoyado en la barra, había mirado ese brazalete en su muñeca que no hacía juego con el conjunto, que lo contradecía. Y después sus piernas flacas, sus tacones demasiado altos y esos tobillos suyos tan finos que le entraron ganas de agarrarlos entre los dedos. Salía de una guardia de doce horas, ella se acercó a él, quizá fuera al revés, no sabría decirlo, no lo recuerda. Ella no se parecía a las mujeres que solían gustarle, pero habían bebido varias copas y sus lenguas habían terminado encontrándose. Sobre la barra, Lila había cogido su mano izquierda, había acariciado la cicatriz con la yema de los dedos. Lo suyo había sido una cuestión de química: los cuerpos extraños se mezclan a veces, concuerdan, se confunden. Lo suyo había sido una cuestión de cuerpos, sin duda alguna. Y como él no había renunciado del todo a sus experimentos de niño pequeño, quiso comprobar si la mezcla de las pieles podría transformarse, realizarse.

Si la química –por contagio, por difracción– podía expandirse, prenderse.

Pero pronto chocó con ella. *Chocó* era la palabra que le había venido a la cabeza. Pronto había chocado con su reserva, con su distancia, con sus ausencias. Pronto había comprendido que ella solo podía amar en horizontal o cuando la levantaba por las caderas. Después, la veía dormir al otro lado de la cama, con un sueño profundo, lejano. Desde el principio, había chocado con ese aire de indiferencia que ella presentaba ante toda tentativa de efusión, con su gesto hermético por las mañanas, con su humor huraño al terminar los fines de semana, con su ineptitud a la hora de las despedidas.

Incluso después de las noches más intensas, por la mañana le había mostrado ese rostro cerrado, de puntillas, sin signos de emoción. Nunca, en el momento de separarse, se había atrevido a estrecharla contra él. Es más, cuando se volvían a encontrar después de días o semanas sin verse, la fuerza que le impulsaba hacia ella parecía ofenderla, hería su inmovilidad. No había nada a lo que abrazarse.

Ella no abría los brazos.

Durante mucho tiempo estuvo preguntándose si Lila era así por naturaleza, si ese rechazo a toda demostración de cariño fuera de la cama era su forma de ser, un *a priori* que debía aceptar y contra el que nada podría hacer, o si, por el contrario, ese trato lo reservaba para él, solo le afectaba a él, una forma silenciosa de recordarle el tipo de vínculo que mantenían y que entre ellos no había nada más que un asunto físico, nada que pudiese parecerse ni de lejos a una relación. No estaban *juntos.* No formaban nada, ninguna geometría, ninguna figura. Se habían encontrado y se contentaban con reproducir ese encuentro tantas veces como se veían: mezclarse el uno con el otro y constatar la evidencia de la fusión.

Lila era su perdición. Su castigo. Por todas esas mujeres que no había sabido amar, las que solo había visto algunas noches, a las que él había terminado dejando, porque siempre había algo que se derrumbaba sin que supiese nombrarlo. Sí, era ridículo, pero lo había pensado: le había llegado la hora de pagar la factura.

La relación amorosa se reducía quizá a ese desequilibrio: en cuanto se quiere algo, en cuanto se espera algo, ese algo se pierde.

La química no podía hacer nada contra los recuerdos y los amores de Lila, inacabados. Él no significaba nada frente al hombre que ella aguardaba, el que esperaba, un hombre sin fisuras, al que no se parecía.

Y las palabras, como los líquidos, se habían evaporado.

En la calle Daviel ha aparcado sobre un paso de cebra.

No tiene ganas de dar tres vueltas a la manzana para buscar sitio. Está cansado.

Los peatones le lanzan miradas asesinas. Poco importan su caduceo y el logo inscrito en su coche: están en su territorio. En la ciudad se es peatón, ciclista o automovilista. Se camina, se pedalea o se conduce. Se mira de arriba abajo, se juzga, se desprecia. En la ciudad, hay que elegir bando.

Un poco más arriba le espera la señora L. Su bebé tiene treinta y nueve de fiebre. Él la conoce. La ve cuatro veces al mes. Ella sopesa, mide, busca, comprueba: fabrica inquietud. La central no puede negarse a enviar un médico. Cuestión de responsabilidad. Nueve de cada diez veces le toca a Thibault. Porque la señora L. le conoce y él no pierde la paciencia. De hecho, es ella quien pregunta por él.

Tiene que coger el maletín, salir del coche, cerrar la puerta.

Esta vez es él quien ha perdido. Ama a una mujer que no le quiere. ¿Acaso no existe algo más violento que esa constatación, semejante frustración? ¿Acaso no existe pena peor, peor enfermedad?

No, sabe que no. Es ridículo. Es falso.

El fracaso amoroso no es ni más ni menos que un cálculo alojado en los riñones. Del tamaño de un grano de arena, de un guisante, de una canica o de una pelota de golf, una cristalización de sustancias químicas capaces de provocar un fuerte dolor, incluso insoportable. Un dolor que siempre termina desapareciendo.

No se ha quitado el cinturón de seguridad. Tras el parabrisas, contempla la ciudad. Esa danza incesante de colores de primavera. Una bolsa de plástico vacía que baila en el desagüe. Un hombre curvado a la entrada de la oficina de Correos que nadie parece ver. Cubos de basura de color verde derramados por la acera. Hombres y mujeres que entran en un banco, que se cruzan en un paso de peatones.

Contempla la ciudad, esa superposición de movimientos. Ese territorio infinito de intersecciones donde no se producen encuentros.

Mathilde ha colocado sus informes en los estantes, ha puesto sus bolígrafos en un bote, ha ordenado su material en el cajón. Todo le ha costado algo menos de una hora, prestando toda su atención en la lentitud de sus gestos para que cada decisión se tomara tras varios minutos de reflexión: disponer las cosas aquí o allí, en el borde o en el centro, arriba o abajo, para qué uso.

De nuevo espera.

Llaman a la puerta. Los dos técnicos del departamento informático permanecen en el umbral, esperando a que los deje pasar. Ella les hace una seña para que entren. Los conoce. Se ocupan del mantenimiento del sistema informático de toda la sede. Se cruza a menudo con el alto en el pasillo. Al bajito le ve cuando come en el autoservicio, soltando sonoras carcajadas, no se puede ignorar su presencia.

Mathilde se levanta y se aparta para dejarles sitio.

Intercambian algunas consideraciones meteorológicas. Les sigue el juego, se felicita en voz alta cuando se entera de que en los próximos días hará buen tiempo. Como si eso importase. Como si eso pudiese afectar al desarrollo de los acontecimientos. Y después se ponen a trabajar. Desembalan, desenrollan, enchufan, montan.

En un abrir y cerrar de ojos, han instalado un nuevo aparato informático. El alto efectúa las últimas operaciones necesarias para configurar el equipo.

Mientras tanto, el bajo contempla el escote de Mathilde, que se ha sentado. Lleva uno de esos sujetadores que juntan los pechos hacia el centro para que parezcan más grandes; los tirantes de encaje son del mismo color que la blusa. En ese sentido, ella nunca se ha rendido. Vestirse como antes. Ponerse una falda, una chaqueta, maquillarse. Incluso cuando a veces le fallan las fuerzas. Incluso a pesar de que haber aparecido por allí en pijama o en chándal indudablemente no habría cambiado nada.

Ya está. El alto enciende el ordenador, se acerca a Mathilde, le explica. Por defecto, conectada a la impresora de la planta, la láser Infotec-XVGH3018. Si quiere imprimir en color, debe seleccionar otra impresora.

Mathilde intenta calcular cuánto tiempo hace que no ha impreso un documento.

El alto ha visto la carta colocada sobre la mesa.

–¡El Defensor del Alba de Plata! ¡Tiene usted suerte, mi hijo vendería a su madre por tener esa carta! ¿Es suya?

–Sí, mi hijo la tenía repetida, me la ha dado.

–¡Se la compro!

–Ah no, lo siento...

–Vamos... ¿Diez euros?

–Lo siento, no puedo.
–¿Veinte euros?
–Lo siento, de verdad. Es un regalo. Y además..., yo... la necesito de verdad.

Se despiden y se van.
Los escucha reír en el pasillo.
Ha dicho la necesito de verdad. Como si su vida dependiese de ello.
Mathilde agarra el ratón, se acerca al teclado. Pulsa sobre el icono de Internet Explorer, se abre la página de Google, teclea: *World of Warcraft*.
No le cuesta nada encontrar las reglas. *WOW* fue un videojuego on line antes de jugarse con cartas. Cuenta con miles de seguidores en todo el mundo.
Lee con atención.

Al otro lado de la Puerta de las Tinieblas cada jugador es un héroe. Las cartas de las que dispone permiten equiparse de armas y armaduras, utilizar sortilegios y talentos, reclutar aliados en el seno de su grupo. Durante la partida, las cartas sirven para causar daños a los héroes enemigos o, por el contrario, protegerse de sus ataques. El propósito del juego es matar a los adversarios. Cada carta de héroe tiene un valor relativo a la salud inscrito en la esquina inferior derecha. Dicho valor indica cuánto daño es capaz de soportar ese héroe. Los daños sufridos son permanentes e irreversibles. Si el jugador recibe daños iguales o superiores al valor relativo a su salud («daños fatales»), la partida ha terminado. El héroe puede atacar y defenderse de los héroes y aliados enemigos, pero para infligir daños en combate debe golpear con un arma. Las cartas muertas, destruidas o que han perdido su valor van al cementerio de cada jugador.

En el cementerio, las cartas deben estar colocadas boca arriba.

Mathilde observa al Defensor del Alba de Plata.
Su valor relativo a la salud es de dos mil puntos.
Es una figura de defensa, no sirve para atacar.

El problema es que Mathilde solo posee una carta.
El problema es que ella ha sufrido ya bastantes daños.
Y que ignora cuántos puntos le quedan.

Antes, comía con Éric, Jean o Nathalie. A veces, comían todos juntos, el equipo al completo.

Ahora se dispersan, unos van al comedor, otros al restaurante, no la avisan.

Sus aliados han desaparecido, han tomado caminos alternativos. Abandonan Azeroth de puntillas, tienen *comidas fuera,* compras que hacer, se comen un bocadillo deprisa y corriendo.

De vez en cuando, Éric o Nathalie le proponen salir con ellos. Cuando Jacques está en el extranjero. Cuando saben que está lejos.

Es la una de la tarde, los despachos se han vaciado de golpe como las aulas al sonar la campana.

Desde hace algunas semanas, Mathilde suele comer con Laetitia. En la cantina o fuera. Laetitia trabaja en el departamento de logística. Se conocieron en un curso de formación interna. Continuaron viéndose.

Pero esta tarde, Laetitia no puede. Tiene cita en el dentista, lo siente, si lo hubiese sabido... Sobre todo hoy, que le viene tan mal. Mathilde le resume la visita improvisada de Patricia Lethu. Al otro lado de la línea, Laetitia deja escapar una risita sarcástica.

–Ya era hora de que se diese cuenta del problema, Mathilde. Comprendo que está entre dos aguas, pero, bueno, después de todo, eso es inherente a su cargo. Una especie de contradicción en los términos, ya sabes lo que quiero decir. Un día tendrá que elegir. Asumir responsabilidades. Porque llega un momento en el que no se puede nadar y guardar la ropa.

–Hace tiempo que se lanzó a nadar vestida.

–Eso es lo que tú te crees y ahí está el problema. Pero tú sigues ahí, Mathilde. Aguantas desde hace ocho meses, otros ya se habrían hundido. Aguantas, Mathilde, y ya es hora de que eso acabe.

Laetitia tiene una visión simple de la empresa. Cercana a la que gobierna el mundo de Azeroth: los buenos luchan por hacer respetar sus derechos. A los buenos no les falta ambición, pero rechazan el saqueo y la mezquindad para obtener sus fines. Los buenos tienen ética. No pisotean a sus vecinos. Los malos han dedicado su vida al pantano de la empresa, no tienen más identidad que la inscrita en su nómina, están dispuestos a todo para ascender un escalón o aumentar un coeficiente de clasificación. Hace tiempo que han renunciado a sus principios, si por casualidad los tuvieron alguna vez.

Antes, los discursos de Laetitia, sus consignas radicales, su forma de dividir el mundo en dos, hacían sonreír a Mathilde. A veces discutían por ello. Ahora se pregunta si, en el fondo, Laetitia no tiene razón. Si la empresa no es el lugar privilegiado para poner a prueba la talla moral. Si la empresa no es, por definición, un espacio de destrucción. Si la empresa, con sus rituales, con su jerarquía, con su forma de funcionamiento, no es simplemente el lugar donde reina la violencia y la impunidad.

Laetitia viene a trabajar todos los días armada del mismo humor jovial. Ha trazado una frontera cerrada entre su vida privada y su vida profesional, no las mezcla. Permanece hermética a los chismes y a las murmuraciones en los pasillos, le da igual saber si Patricia Lethu es la amante de Pierre Chemin o si Thomas Frémont es homosexual. Atraviesa los pasillos con ese aire altanero tan suyo, con la barbilla bien alta, respira otro aire, más elevado, más puro. Ficha su salida a las seis y media en punto todos los días y su vida transcurre fuera.

Laetitia fue la primera en adivinar lo que le pasaba a Mathilde. Poco a poco. Uniendo retazos de conversaciones. Aquí y allá. Laetitia comprendió lo que pasaba antes incluso de que Mathilde fuese consciente de ello. Nunca dejó de hacerle preguntas, de pedirle detalles, no se contentó con sus respuestas evasivas ni con sus cambios de tema. Respetó su silencio, su pudor. Pero nunca soltó la presa.

El teléfono ha sonado de nuevo, era Patricia Lethu. La responsable de recursos humanos quería informarla de que ya se había hecho cargo de su asunto. Había enviado su currículum a todas las filiales del grupo y había seleccionado algunas ofertas de trabajo internas que podrían interesarle. Se había citado con Jacques por la tarde para tratar la cuestión con él. Las cosas iban a arreglarse. En el momento en que Mathilde iba a colgar, Patricia Lethu la retuvo. Su voz parecía haber recobrado cierta seguridad:

–Quizá no me diera cuenta de la gravedad de las dificultades que usted atravesaba a su debido tiempo, Mathilde, y le pido disculpas. Pero quiero que sepa que me estoy ocupando de ello. Y es para mí un asunto personal.

Es la una y veinte de la tarde. Mathilde espera un poco más antes de salir. No tiene ganas de cruzarse con Jacques, ni con nadie de la planta.

Se pone la chaqueta, mete al Defensor del Alba de Plata en su bolso y se dirige al ascensor.

La puerta del despacho de Jacques está cerrada.

Cuando Mathilde sale del edificio, duda si dirigirse a la cantina. Desde donde se encuentra, distingue la cola que bordea la fachada unos metros.

Finalmente se acerca y se pone al final de la cola. Comerá deprisa y después irá a tomar un café donde Bernard. Comprueba que no ha olvidado la tarjeta magnética del autoservicio.

Espera detrás de los demás, se mira los pies. Llegado su turno, franquea la puerta. Una vez dentro, le quedan unos minutos de espera antes de acceder a los platos.

Hay que coger la bandeja, deslizarla sobre los raíles, elegir entre el menú de régimen, el menú gastronómico y el menú exótico. Elegir entre las remolachas decoradas con una fina rodaja de limón, las zanahorias ralladas coronadas con una pinza de huevo hilado o el apio y la mayonesa espolvoreados de perejil. Coger un panecillo con una pinza, uno o dos sobrecitos de sal, esperar delante de la caja. Entregar la tarjeta, coger el tique. Decir hola, que aproveche, gracias, saludos con la mano, sonrisas fugaces. Elegir una mesa, comer entre el estruendo de las conversaciones de oficina, invariables, podridas.

Mathilde se sienta apartada de los demás, detrás de una columna. Mantiene los ojos fijos en su plato, traga sin pensar, se deja llevar por el ruido y entonces las palabras vuelven, la rueda gira como el vuelo de una falda de flores, Jacques Pelletier dice: «Lo ignoraba, voy a ocuparme de ello, muestra usted signos de resistencia, el tren en dirección de Melun hará su entrada por la vía 3, me estoy ocupando de ello, las cartas permiten reclutar aliados en el seno del grupo, no comulga usted con las orientaciones de la empresa, usted está aquí de modo provisional, porque llega un momento en el que no se puede nadar y guardar la ropa, no me he dado cuenta de la gravedad de las dificultades que usted atravesaba a su debido tiempo, empezaré por llamar al servicio informático, esto no puede durar, los daños sufridos son permanentes e irreversibles, los daños sufridos son permanentes e irreversibles.»

Mathilde se levanta sin haber terminado su plato, coloca la bandeja en el carrito destinado a ello, sale. Camina hasta la cafetería de la estación, se sienta en una mesita en medio de la sala, Bernard ha salido de detrás de la barra para recibirla.

Se sienta frente a ella, sonríe.

Se da perfecta cuenta de que ha perdido puntos, cientos, desde esta mañana.

Le gustaría que la estrechase entre sus brazos. Así, sin decir nada, solo un momento. Descansar unos segundos, dejarse caer un instante. Sentir su cuerpo relajarse. Respirar el olor de un hombre.

En la empresa se dice que el dueño de la cafetería está enamorado de ella. Que le habría pedido en matrimonio. Se cuenta que espera todas las mañanas el momento en el que Mathilde franquea la puerta para tomar su café. Que espera que un día cambie de opinión.

Bernard ha vuelto detrás de la barra, enjuaga los vasos.

A veces sueña con un hombre a quien preguntarle: ¿puedes amarme? Con toda su agotadora vida a sus espaldas, con toda su fuerza y con toda su fragilidad. Un hombre que conociese el vértigo, el miedo y la alegría. Que no temiese las lágrimas que hay detrás de su sonrisa, ni su risa entre sus lágrimas. Un hombre que supiese.

Pero la gente desesperada no se encuentra. O quizá se encuentre en el cine. En la vida real, se cruzan, se rozan, se empujan. Y a menudo se rechazan, como los polos idénticos de dos imanes. Hace mucho tiempo que lo sabe.

Ahora Mathilde observa en el fondo del local a una chica y a un chico, las piernas entrelazadas bajo la mesa. Son jóvenes. La chica lleva una falda muy corta, habla alto. El chico la devora con la mirada. Comparten un plato de espaguetis. La mano del chico acaricia el muslo de la chica.

Mathilde espera su café. Piensa en esa pregunta que le hizo Simon el otro día, a bocajarro:

–¿A partir de cuándo se es una pareja?

Ella estaba preparando la comida, él se había sentado

cerca de ella para hacer los deberes. Los gemelos estaban en su habitación.

Ella sabía que él salía con una chica desde hacía algún tiempo, que estaba enamorado.

Buscó una respuesta un buen rato, una respuesta de verdad.

Dijo:

–Espera, estoy pensando.

Y unos segundos después:

–Cuando se piensa en el otro todos los días, cuando se necesita oír su voz, cuando uno se preocupa por saber si él o ella está bien.

Simon la miraba. Eso no bastaba. Esperaba que le dijese más.

–Cuando se es capaz de amar al otro tal y como es, cuando eres el único que ves en qué puede convertirse, cuando se tienen ganas de compartir lo esencial, de proyectarlo sobre un mundo nuevo, inventado..., no sé. Cuando para ti es lo más importante del mundo.

Habría deseado ser dos para responder a esas preguntas.

Ser una pareja, precisamente.

Está sola y responde con una sola voz. Una voz empequeñecida, truncada. Sus hijos crecen y les falta un padre. Su representación masculina, su forma de enfrentarse al mundo, su experiencia.

Ella es una mujer frente a tres chicos que no paran de crecer, de cambiar, de transformarse. Sola frente a su extrañeza.

Hace diez años que murió Philippe.

Diez años.

La muerte de Philippe forma parte de ella. Está inscrita en cada una de las células de su cuerpo. En la memoria de los fluidos, de los huesos, del vientre. En la memoria de los sentidos. Y ese primer día de primavera, bañado por el sol. Una cicatriz pálida, que se confunde con la piel.

Por primera vez desde que nacieron los gemelos, salían un fin de semana sin los niños. Los dos solos. Théo y Maxime acababan de cumplir un año. Un año de noches entrecortadas, sonámbulas, de purés de verdura y biberones a la temperatura perfecta, un año de lavadoras que llenar, de ropa que tender, de carritos desbordados que empujar por los pasillos del Carrefour.

Acababan de dejar a los tres niños en casa de los padres de Philippe, en su casa de Normandía, se dirigían hacia el mar. Estaban agotados. Mathilde había reservado un hotel en Honfleur. Philippe conducía, ella veía desfilar los árboles a lo largo de la carretera, se durmió.

Y después se oyó ese ruido agudo, el chirriar de las ruedas sobre el asfalto, como un grito. Un desgarro en la pesadez del sueño. Cuando Mathilde abrió los ojos, estaban en medio del campo. Fuera de la carretera. La parte delantera del coche estaba aplastada, las piernas de Philippe estaban debajo. Toda la parte inferior de su cuerpo, hasta la cintura, se la había tragado la chapa.

Philippe estaba consciente. No sentía dolor.

Acababan de dar diez o doce vueltas de campana, habían chocado contra un árbol. Ella lo supo más tarde.

Miró a su alrededor, los árboles, los campos, hasta perderse de vista. Su cuerpo empezó a temblar, no conseguía respirar, el terror la invadía, silencioso.

Ya no se dirigían hacia el hotel. No cenarían en el restaurante, ni pasarían horas acariciándose bajo las sábanas. No se quedarían hasta tarde en la cama. No se bañarían ni beberían vino a altas horas de la noche.

Estaban allí, el uno junto al otro, en medio de ninguna parte. Algo grave había pasado. Algo definitivo.

Ella le acarició el rostro, el cuello. Dibujó su boca con los dedos, sus labios estaban secos, él sonrió.

Philippe le pidió que fuese a buscar ayuda. Desde la carretera no podían verlos.

Las piernas de Mathilde se golpeaban entre sí, los dientes también.

Su puerta estaba atascada, la forzó un poco. Salió del coche, dio la vuelta, volvió a su lado. Le miró a través del cristal, sus piernas y sus caderas, tragadas, tuvo un momento de duda. Todo parecía tan tranquilo...

Se giró, por última vez, antes de alejarse. La invadieron los sollozos, tenía un nudo en la garganta, caminó hasta el talud. Se agarró a los matorrales y a la hierba para subir hasta la carretera, las palmas arañadas hasta sangrar, se colocó en el arcén y levantó los brazos. El primer coche se detuvo.

Cuando volvió a bajar, Philippe había perdido el conocimiento.

Murió tres días después.

Mathilde acababa de cumplir treinta años.

De los siguientes meses apenas recuerda nada. Ese tiempo anestesiado, amputado, no le pertenece. Está fuera de ella. Arrancado a su memoria.

Tras el entierro, se fue a vivir con los niños a casa de su madre. Se tragó pastillas, azules y blancas, guardadas por tomas en un bote transparente. Permaneció acostada días enteros, los ojos clavados en el techo. O de pie, en su habitación de cuando era niña, la espalda pegada a la pared, incapaz de sentarse. Pasó horas acurrucada bajo la ducha hirviendo, hasta que su madre acudía a sacarla.

Por las noches, andaba a tientas en silencio, abría la puerta para ver dormir a los niños. O bien se tumbaba en el suelo, a su lado. Posaba la mano sobre sus cuerpos, acercaba el rostro a sus bocas, hasta sentir su aliento.

Sacaba fuerzas de ellos.

Creyó por aquel entonces que podría permanecer allí el resto de su vida. Mantenida. Refugiada del mundo. No tener otra cosa que hacer que escuchar el latido de su dolor. De pronto, un día sintió miedo. Miedo de volver a ser una niña. De no poder marcharse nunca.

Entonces, poco a poco, empezó a reaprender. Todo. Comer, dormir, ocuparse de los niños. Volvió de un letargo sin fondo, del espesor del tiempo.

A finales del verano, regresó a su piso. Ordenó, escogió, vació. Donó las cosas de Philippe a la beneficencia, conservó sus discos, su anillo de plata y sus cuadernos Moleskine. Encontró otro piso de alquiler. Se mudó. Simon entró en primaria. Ella empezó a buscar trabajo.

Meses más tarde, vio a Jacques por primera vez. Después de tres entrevistas, Jacques la contrató. Todos los días su madre se ocupó de cuidar de Théo y de Maxime hasta que Mathilde consiguió plaza para ellos en la guardería.

Había vuelto a trabajar. Se montaba en el RIVA, hablaba con la gente, se dirigía cada mañana a un lugar donde se la esperaba, pertenecía a un departamento, daba su opinión, hablaba de la lluvia y del buen tiempo delante de la máquina de café.

Estaba viva.

Habían sido felices, Philippe y ella se habían querido. Habían tenido esa suerte. Esos años estaban grabados en su cuerpo. La risa de Philippe, sus manos, su sexo, sus ojos brillantes de cansancio, su forma de bailar, de andar, de coger a los niños en brazos.

Hoy la muerte de Philippe ha dejado de ser un dolor.

La muerte de Philippe es una ausencia que ella ha domado. Con la que ha aprendido a vivir.

Philippe es su parte ausente, un miembro amputado del que conserva la sensación precisa.

Hoy la muerte de Philippe no le impide respirar.

Con treinta años, había sobrevivido a la muerte de su marido.

Hoy tiene cuarenta y un gilipollas con un traje de tres piezas está destruyéndola a fuego lento.

Mathilde se ha bebido el café, ha dejado el dinero sobre la mesa. Una vez fuera, ha levantado la vista hacia el cielo, ha permanecido así un momento, observando cómo pasaban las nubes, su velocidad silenciosa.

Durante unos segundos ha pensado en dirigirse hacia la estación. No volver al despacho. Volver a su casa, cerrar las cortinas, echarse en la cama.

Ha dudado. Sintió que su cuerpo ya no tenía fuerzas.

Y aun así ha emprendido el mismo camino que esa mañana, ha ido al edificio, ha traspasado la puerta giratoria. Ha tomado un nuevo café de máquina diciéndose a sí misma que estaba bebiendo demasiados, ha subido en el ascensor, ha pasado por delante de las grandes cristaleras, ha oído la voz de Jacques, no ha mirado. Ha atravesado el pasillo hasta su nuevo despacho. Se ha quitado la chaqueta, se ha sentado, ha movido el ratón para reanimar el ordenador.

En su ausencia, le han dejado sobre la mesa el cederrón que contiene sus informes personales.

No es más que un buen soldadito. Gastado, rendido, ridículo.

No ha querido retirarse. Ceder terreno. Ha querido permanecer allí, mantener los ojos abiertos. Por una absurda manifestación de su orgullo o de su valor, ha querido luchar. Sola.

Ahora sabe que se ha equivocado.

En un cuaderno de notas aún virgen, compone una lista de cosas que podría hacer para ocupar el tiempo. Reservar los billetes de tren de las vacaciones, explorar la página web de *World of Warcraft* para profundizar en el conocimiento de las reglas del juego, hacer un pedido a La Redoute, enviar un correo al presidente de la comunidad de vecinos por esa historia del cuarto de bicicletas del que nadie tiene la llave.

Debe aguantar hasta las seis.

Aunque no tenga nada que hacer. Aunque eso no tenga ningún sentido.

Mathilde saca el Defensor del Alba de Plata del bolsillo, lo coloca a su lado, al alcance de su mano.

Cuando el ordenador se pone en estado de hibernación, la pantalla se transforma en un acuario. Peces de todos los colores que a veces se entrechocan, salen proyectados hacia un lado y después hacia el otro, incansablemente. Se cruzan, se rozan, de sus bocas salen burbujitas. No parecen sufrir.

Quizá todo consista en eso: en esa inconsciencia.

De ese modo, la vida en un frasco es posible, siempre y cuando todo se deslice, siempre y cuando nada se golpee ni pierda la calma.

Y, entonces, un día, el agua se enturbia. Al principio es imperceptible. Apenas un velo. Algunas partículas de cieno depositadas en el fondo, inapreciables a simple vista, algo se descompone en silencio. No se sabe bien por qué. Y después el oxígeno empieza a faltar.

Hasta el día en el que un pez enloquecido se pone a devorar a los demás.

Cuando Thibault volvió al coche, una multa decoraba su parabrisas y ondeaba al viento. Entró en el café más cercano, el ruido le asaltó de golpe, dudó unos segundos si ir un poco más lejos. Después de haber pedido un bocadillo en la barra, envió un SMS a Rose para avisarla de que se concedía una pausa de veinte minutos.

Thibault se ha sentado en el taburete que ha quedado libre. Ha apagado el móvil.

Está cansado. Le gustaría que una mujer le abrazara. Sin decir nada, solo un instante. Descansar unos segundos, dejarse caer un instante. Sentir su cuerpo relajarse. A veces sueña con una mujer a quien preguntarle: ¿Puedes amarme? Con toda su agotadora vida a sus espaldas. Una mujer que conociese el vértigo, el miedo y la alegría.

¿Podría amar a otra mujer?

Ahora.

¿Podría desear a otra mujer: su voz, su piel, su perfume? ¿Estaría dispuesto a volver a empezar, una vez más? El juego del encuentro, el juego de la seducción, las primeras palabras, el primer contacto físico, las bocas y luego los sexos. ¿Tiene todavía fuerza suficiente?

¿O, por el contrario, está amputada en él esa posibilidad? ¿Acaso a partir de ahora le va a faltar algo, se va a sentir disminuido?

Volver a empezar. Una vez más.

¿Acaso es eso posible? ¿Acaso tiene sentido?

A su lado, un hombre con traje oscuro come de pie mientras hojea el periódico. Siente ganas de cerrar los ojos, de no oír nada, de retirarse, durante el tiempo que necesite para que algo se calme en su interior, algo que no consigue contener.

–¿Acaso sé yo lo que quiere decir eso, estar juntos, en qué puede convertirse, con la edad que tengo, adónde queremos ir, con todas esas historias miserables a cuestas, lo sabes tú?

Thibault se vuelve hacia la mujer que está sentada al otro lado. Durante unos segundos ha creído que hablaba sola, después ha visto el auricular colgado de su oreja y el micrófono que bailaba delante de su boca. Se puso a hablar cada vez más fuerte, indiferente a las miradas.

–No, ya no me lo creo. Tienes razón, ¡eso es, exactamente! Ya no me lo creo. No tengo ganas de embarcarme de nuevo, eso es. Porque me mareo, ya ves, me sienta mal la travesía, sí, me da miedo, de acuerdo, si tú lo dices... ¿y qué? El miedo a veces es un buen consejero. Yo... ¿cómo?

Las piernas cruzadas, la espalda recta, se sostiene como por milagro sobre la altura de su taburete, un tacón encajado en la barra de acero. Tiene el móvil colocado ante ella. Mira su vaso vacío y, en la inconsciencia absoluta de cuanto la rodea, agita los brazos cuando habla.

Thibault siente ganas de poner la mano derecha sobre el hombro de esa mujer para atraer su atención. De decirle cierre el pico, solo se la oye a usted.

A sus espaldas, una decena de conversaciones se mezclan con el ruido de los cubiertos y de las sillas arrastradas sobre las baldosas. A sus espaldas se bebe entre carcajadas y lamentos.

Tiene ganas de estar solo. Tiene calor y al mismo tiempo siente frío. No está seguro de estar sufriendo una migraña, pero quizá sí. Siente su cuerpo de forma extraña. Su cuerpo es un solar, un territorio abandonado, ligado sin embargo al desorden que lo rodea. Su cuerpo está en tensión, listo para explotar. La ciudad le ahoga, le oprime. Está cansado de sus azares, de su impudor, de su falsa intimidad. Está cansado de sus estados de ánimo fingidos y de ilusoria diversidad. La ciudad es una mentira ensordecedora.

–Entonces, ¿qué te parece?

Laetitia ha aparecido en su despacho sin llamar. Gira sobre sí misma, hace poses, se aleja, se acerca, espera la opinión de Mathilde.

–Es preciosa, te sienta muy bien. ¿Te la has comprado este fin de semana?

–Sí. Aún es más absurdo porque ya tengo una azul y una negra... Sí, esa que llevaba el otro día... Es la misma... Cuando volví a casa, me sentí ridícula.

–Al contrario, eso refleja que tu proceso de compra obedece a una lógica impecable. Que hay una coherencia en tu forma de abordar el tema de la vestimenta, una especie de constancia.

Laetitia se ríe.

Mathilde quiere a esa chica. Su forma de distraer la atención, de no comenzar por el drama, de evitar la compasión.

Laetitia no ha entrado con el aspecto abatido que cualquiera hubiese adoptado en estas circunstancias, ha llegado con su nueva chaqueta y esa aparente futilidad a la que nunca ha renunciado.

–Bueno, ¿y tú? ¿Vas a decidirte a ir a ver a Paul Vernon? Porque ahora, Mathilde, necesitas tener un sindicato detrás. Sola no lo vas a conseguir. No estáis a la par. Ese tío es un enfermo y no ha terminado de joderte. Tú eras su criatura, su cosa, y te has escapado. Eso es lo que se dice por ahí, ¿sabes? Entre otras cosas. La situación no se va a arreglar sola, Mathilde.

Laetitia echa un vistazo alrededor.

–Pero bueno. Pero qué es esto, por Dios, ¡es una vergüenza!

Laetitia no habla en voz baja. Quiere que se la oiga. Un poco más y se pondría a gritar en medio del pasillo con un altavoz para montar escándalo.

–Patricia Lethu me ha llamado hace un rato, se va a ocupar del tema. Está buscándome otro puesto, de verdad. Creo que ya lo está haciendo.

–Escucha, Mathilde, bien, pero tú, por tu parte, no debes ceder. Debes protegerte. Seguir exactamente como si la guerra fuera a continuar. Debes ponerte en lo peor.

Y tras un silencio, Laetitia añade:

–Desconfía. Prométeme que irás a ver a Paul, aunque solo sea para que te aconseje. Es necesario que busques ayuda, Mathilde. No te quedes sola.

Laetitia se fue. Tenía una cita.

Mathilde no ha conseguido decirle que ya había llamado a Paul Vernon. Hacía una semana. Con pocas palabras, Paul Vernon comprendió todo. Le repitió, varias veces, que no debe dimitir. «Pase lo que pase y bajo ningún pretexto.» Le explicó cómo debe guardar copia de todo, apuntar cada detalle, describir de la manera más gráfica posible lo que ha cambiado, la evolución objetiva de la situación. Le sugirió que redactara una especie de cronología con el fin de trazar el deterioro de sus relaciones con Jacques, etapa por etapa, anotando las fechas clave. Tiene que redactar un informe.

Del relato de Mathilde, no le chocó nada. Ni la situación en la que se encuentra ni el tiempo que ha necesitado para llamarle.

Dijo: en estos casos, siempre se espera demasiado. Se intenta luchar y uno se agota.

Si la cosa se pone fea, harán falta testimonios. Habrá que aportar pruebas de que ha sido desposeída de sus funciones, de que el contenido de su puesto ha sido modificado. Aportar pruebas de que ya no tiene objetivos, de que ha sido apartada. Es necesario que otros corran el riesgo de apoyarla. Sus colaboradores. Gente de su departamento. Gente de otros departamentos. Porque nada, por supuesto, está escrito ni corroborado. Nada puede ser comprobado.

Paul Vernon tenía que irse a un tribunal laboral por un asunto de despido en una planta de producción, Mathilde prometió volver a llamarle.

Eso fue hace una semana y no lo ha hecho. A pesar de todo el tiempo vacío que ha tenido, tampoco ha empezado a redactar el documento que le había pedido.

No le ha dicho a Laetitia que había llamado a Paul Vernon porque ya no tiene fuerzas, porque ya es demasiado tarde. No está en condiciones de hacer lo que él espera de ella. Ya no sabe hablar, ya no tiene palabras. Ella, que era temible por su capacidad retórica. Ella, que era capaz de imponer su punto de vista sola contra diez, cuando sustituía a Jacques en el consejo de dirección. Por teléfono, Paul Vernon no ha podido darse cuenta de eso, pero ya es demasiado tarde. Ahora ella forma parte de los débiles, en el sentido que le da Patricia Lethu. De los transparentes, de los chiquititos, de los silenciosos. Ahora se marchita en un despacho situado al lado del váter porque es el lugar que merece. No hay razón para que sea de otro modo.

Mathilde mira la lista que acaba de redactar, esas cosas minúsculas que ya no consigue emprender.

Éric pasa por delante de su despacho para ir a los servicios, lanza una ojeada furtiva al interior, sin detenerse.

Ella le oye al otro lado del tabique: cerrojo, ventilador, chorro de orina, papel, cisterna, lavabo.

Pasa de nuevo ante su puerta, Mathilde le llama. Él se acerca, dubitativo, molesto.

Ella dice:

–Siéntate.

Desde hace algunas semanas, Mathilde ha desarrollado su intuición para adivinar si se encuentra ante un amigo o un adversario. En el mundo de Azeroth, en el umbral de la Puerta de las Tinieblas, es importante conocer a los aliados.

Le contrató ella misma hace tres o cuatro años. Luchó para imponerlo. Se ha convertido en uno de los mejores jefes de producto del equipo.

Éric escapa a su sistema de reconocimiento. Está borroso.

–Éric, querría pedirte una cosa.

–¿Sí?

–¿Podrías escribir una carta con algunos hechos concretos, precisos? No una carta contra Jacques, ni contra nadie, más bien una descripción de la situación actual. Por ejemplo, que ya no tengo responsabilidad directa sobre el equipo, que ya no dirijo la planificación y que ya no intervengo en ninguna decisión. Solo eso: constatar que ya no participo en nada.

Después ese silencio. Las mejillas de Éric enrojecieron. Éric miró a su alrededor, el despacho sin ventana, los muebles cubiertos de polvo. Se frotó las manos contra los muslos, mecánicamente, alejó su silla. Habló sin mirarla.

–No puedo, Mathilde. Sabes que no puedo permitirme perder el trabajo, esto... Yo..., mi mujer está embarazada, no trabaja, yo... Lo siento. No puedo.

Éric se alejó de puntillas.

No preguntará a Jean, ni a Nathalie, ni a nadie más. Ya sabe a qué atenerse.

Los otros peces tienen colores llamativos, sus escamas parecen suaves, sus aletas no están dañadas. Se han alejado de ella, navegan en otras aguas, más claras, más limpias.

Ella ha perdido sus colores, su cuerpo se ha vuelto translúcido, yace en la superficie, con el vientre hacia arriba.

Mathilde no mira su reloj, ni la hora en la esquina inferior del ordenador, ni la del teléfono. Si empieza a mirar la hora, el tiempo se estira, se extiende, se eterniza.

No debe contar nada. Ni el tiempo pasado, ni el que queda por pasar.

No hay que escuchar, el rumor procedente de los despachos, al otro lado del pasillo, los golpes de voz, los retazos de conversación en inglés, los timbrazos de los teléfonos.

El ruido de la gente que trabaja.

No hay que escuchar tampoco el torrente de la cisterna. Una vez cada veinte minutos de media.

Estar allí, ahora, en ese lugar, le cuesta menos. Se ha acostumbrado.

Si piensa en ello, no ha hecho más que eso, desde el principio: acostumbrarse. Olvidar el tiempo pasado, olvidar que las cosas podrían haber sido diferentes, olvidar que sabía trabajar. Acostumbrarse y echarse a perder.

Mathilde mira el CD que contiene la copia de sus informes personales. Duda en insertarlo en el lector y renuncia a ello. ¿De qué serviría trasladar los ficheros a su nuevo ordenador?

Mañana quizá esté en otro lado, en algún rincón del sótano, cerca de la cocina de la cantina o del cuarto de la basura. O quizá la envíen a otro departamento, a otra filial, a alguna parte donde reciba llamadas, correos, donde se esperen de ella proyectos, opiniones, documentos, donde vuelva a encontrar el gusto de estar allí.

Pulsa un botón del teclado para volver a activar el ordenador. Cada ordenador contiene su propia unidad de memoria, llamada C. La unidad C incluye «Mis documentos», «Mi música», «Mis imágenes». Su unidad C está vacía, porque acaban de instalarle un equipo nuevo. Todos los ordenadores están conectados con el servidor de la empresa. El servidor se llama M. Cada departamento dispone de una carpeta en la red. La carpeta del departamento de marketing e internacional se llama MKG-INT. Cada miembro debe grabar allí los documentos relacionados con la actividad del departamento. Desde hace unas semanas, Mathilde consulta de vez en cuando esa carpeta, con el fin de conocer los nuevos planes de acción de las marcas o el seguimiento de las acciones de promoción. Se mantiene al corriente. Incluso cuando ya nadie le pide nada, incluso cuando ya no participa en nada, incluso cuando ya eso no sirve para nada.

Mathilde pulsa dos veces sobre el icono M. El servidor se abre, localiza la carpeta, pulsa de nuevo.

Inmediatamente se abre un mensaje de error:

> M/MKG-INT/Size no accesible.
> Acceso denegado.

Mathilde lo intenta de nuevo, pero aparece el mismo mensaje.

El servicio de mantenimiento debe de haber olvidado configurar las autorizaciones en su nuevo ordenador.

Marca el número. Reconoce la voz del técnico que apareció esta misma mañana, el que le ha pedido la carta del Defensor del Alba de Plata.

Se presenta, le explica su problema. Escucha el ruido del teclado, la respiración del hombre en el auricular: está comprobando algo.

–No tiene nada que ver con su nuevo equipo. No dispone usted de autorización de acceso para esa carpeta.

–¿Cómo?

–Recibimos una instrucción del departamento el viernes, ya no figura usted en la lista.

–Pero ¿qué lista?

–Se ha solicitado una redefinición de las autorizaciones de acceso de cada departamento. La indicación de su departamento no le da acceso a esa carpeta.

–¿Quién ha firmado el documento?

–El responsable, supongo.

–¿Qué responsable?

–El señor Pelletier.

Llega un momento en el que las cosas tienen que detenerse. En el que ya nada es posible.

Va a llamarle. Dejará sonar el teléfono el tiempo que sea necesario, veinte minutos si hace falta.

Pero primero tiene que calmarse. Tiene que respirar. Tiene que esperar a que sus manos dejen de temblar.

Primero, tiene que cerrar los ojos, abandonar el territorio de la cólera y el odio, alejar de ella el torrente de insultos que asalta su mente.

Al cabo de un centenar de llamadas, Jacques termina por descolgar.

–Soy Mathilde.

–¿Sí?

–Parece ser que me ha retirado usted las autorizaciones de acceso a la carpeta del departamento.

–Sí, en efecto. Patricia Lethu me ha informado de que ha pedido usted un cambio de destino. Por razones que usted misma conoce, no puedo otorgarle el mismo acceso que a los demás miembros del departamento. Ya sabe que la política de marketing obedece a exigencias particulares de confidencialidad, incluidas las relaciones internas.

A veces, cuando ella se emociona, su voz se hace más aguda, sube unas octavas en algunas palabras, pero esta vez no. Su voz es grave y calmada. Está extrañamente tranquila.

–Jacques, me gustaría que habláramos. Concédame unos minutos. Es ridículo. yo no habría pedido un cambio de destino si las cosas no hubiesen tomado este cariz, sabe muy bien que ya no tengo...

–Hum... Sí, bueno, escuche, las cosas están así. No vamos a perder tiempo con consideraciones cronológicas, creo que los dos tenemos cosas mejores que hacer.

–No, Jacques, usted sabe muy bien que yo no tengo nada que hacer.

Hay un silencio, un silencio que dura unos segundos. Mathilde retiene la respiración. Mira al Defensor del Alba de Plata, que escruta la línea del horizonte, a lo lejos.

Su corazón no late más deprisa. Sus manos no tiemblan. Está tranquila y todo está perfectamente claro. Ha llegado al final de algo.

Y entonces, de pronto, Jacques se pone a gritar:

–¡No me hable en ese tono!

No entiende nada. Le ha hablado suavemente. Ni una palabra más alta que la otra, pero entonces Jacques vuelve a la carga:

–¡No puede usted hablarme en ese tono!

Ha dejado de respirar. Mira a su alrededor, busca un punto de apoyo, fijo, tangible, busca algo que lleve un nombre, un nombre que nadie pueda rebatir, una estantería, un cajón, una carpeta, es incapaz de pronunciar un sonido.

Él está fuera de sí, continúa:

–¡Le prohíbo que me hable de esa forma, está usted insultándome, Mathilde, soy su superior jerárquico y usted me insulta!

De pronto empieza a comprender lo que está haciendo.

La puerta de su despacho estará abierta y grita para que todo el mundo lo oiga. Repite:

–Le prohíbo que me hable en ese tono, pero ¿qué le pasa?

A su alrededor, todos podrán ser testigos: Mathilde Debord le ha insultado por teléfono.

Se ha quedado sin habla. Eso no puede estar pasando.

Jacques continúa. Responde a su silencio con exclamaciones indignadas, se ofende, se irrita, exactamente como si reaccionase a sus ataques. Finalmente concluye:

–Se ha vuelto usted una grosera, Mathilde. Me niego a seguir esta conversación con usted.

Ha colgado.

Entonces vuelve la imagen. El rostro de Jacques entumecido, un hilillo de sangre saliendo de su boca.

No, nunca hubo ambigüedad entre Jacques y ella. Ni miradas confusas, ni pies que se rozan bajo la mesa, ni palabras equívocas, ni la menor complicación. Ningún gesto, insinuación.

Por supuesto, se lo han preguntado. La animaron a pensar en ello. Tenía que haber pasado algo. Alguna cosa. Para que se tuerza así, de forma tan súbita, tan radical. Irracional. Algo relacionado con los sentimientos o con el deseo, algo que ella no quiso ver.

Mathilde buscó, entre años de recuerdos, algún detalle que se le hubiese escapado. No lo encontró. Todas las veces que se quedaron en el despacho los dos, hasta bien entrada la noche, las veces que comieron o cenaron juntos en un restaurante, las noches que pasaron cada uno en su habitación de hotel, las horas en coche, en tren, en avión, tan cerca el uno del otro, todas las ocasiones ideales sin que nunca se rozasen sus pieles, sin que nada surgiese a la superficie, ¿nada pudo alertarla? Es verdad que una o dos veces a Jacques se le había escapado el tuteo, al final de la jornada. Él, que llamaba de usted a todo el mundo. Después de varios años, ¿a qué conclusión podía llegar?

No, Jacques no estaba enamorado de ella.

Se trataba de otra cosa. Desde el principio, él la había puesto bajo su protección, había conseguido para ella un puesto ejecutivo, había negociado sus aumentos directamente con la dirección. Había hecho de Mathilde su colaboradora más cercana, su brazo derecho, le había concedido la estima que con tanta avaricia guardaba y la confianza que negaba a los demás. Porque en conjunto él y ella sonaban afinados, jamás chocaban ni se alejaban.

Durante su entrevista de trabajo, Mathilde no había mencionado que era viuda. A Jacques, como a los demás, le había dicho que educaba sola a sus hijos. Era la verdad. Rechazaba la piedad, la compasión, no soportaba la idea de que la tratasen con mayor cuidado ni comprensión que al resto, detestaba esas actitudes.

Se lo había confesado más tarde, sin dar detalles. Un día, en el tren de Marsella, al hilo de una conversación. Trabajaban juntos desde hacía más de un año. Jacques se había mostrado discreto, no había preguntado más. Su comportamiento hacia Mathilde no había cambiado. Ella le estaba agradecida por ello.

Jacques parecía ver siempre con más amplitud y más lejos que los demás. Tenía esa capacidad de anticipación, esas intuiciones fulgurantes, ese conocimiento intuitivo de los mercados. Se decía de él que era un visionario. De Jacques lo había aprendido todo. Por encima de los aspectos técnicos y financieros, le había transmitido su concepción de la profesión. Su rigor y sus exigencias.

Laetitia no se equivocaba. Ella era *su criatura.* Él la había moldeado a su imagen, la había hecho sensible a sus combates, la había convertido a sus compromisos. Había hecho de ella una especie de discípulo.

Pero hasta entonces, él había respetado su forma de ver las cosas, y sus escasas divergencias. Él sabía la admiración que ella sentía por él.

Ella le veía tal como él era. A veces Jacques la irritaba. La horrorizaban sus enfados repentinos, su ironía, su propensión al exceso.

En Milán, había llamado a la recepción del hotel a las dos de la madrugada porque su moqueta estaba sucia. Lo que había ocurrido en realidad era que habían pasado el aspirador a contrapelo. Le había contado él mismo la anécdota a la mañana siguiente.

En Marsella, había devuelto su plato en un restaurante calificado con dos estrellas en la guía Gault et Millau con la excusa de que la presentación le parecía fálica.

En Praga, en un hotel para hombres de negocios, había hecho subir al recepcionista de noche porque no conseguía encontrar la CNN entre los ciento veinte canales disponibles.

En coche, Jacques se exasperaba, no soportaba esperar, estar atrapado, insultaba a su GPS en voz alta.

En avión, tenía que ir delante, junto al pasillo, y estaba dispuesto a hacer mover a otro pasajero para conseguir el sitio que le gustaba.

Jacques se había calmado mucho. Sus enfados habían perdido intensidad. Estruendo.

Eso se decía.

Antes, hacía temblar las paredes. Antes era peor, en aquella época que ella no había conocido, en la época anterior a ella. Cuando Jacques era director comercial. Cuando sus sarcasmos provocaban los sollozos de las mujeres. Cuando cerraba la puerta en las narices de sus colaboradores. Cuando era capaz de echar a la calle a un empleado en menos de dos horas. Cuando no se había casado todavía.

Jacques, con la edad, se había apaciguado. A su alrededor aún sobrevolaba una especie de leyenda, nutrida de anécdotas dramáticas y de rumores más o menos contrastados, que se mantenía viva por los arranques autoritarios que todavía no había logrado reprimir.

Hasta donde le alcanzaba la memoria, Mathilde nunca se había dejado impresionar. Los estados de ánimo de Jacques no le interesaban. De hecho, sin duda, esa era una de las razones por las que él apreciaba tanto trabajar con ella.

La empresa había sido el lugar donde tuvo lugar su renacimiento.

La empresa la había obligado a vestirse, a peinarse, a maquillarse. A salir de su letargo. A retomar el curso de su vida.

Durante ocho años había ido a trabajar con una suerte de entusiasmo, de convicción. Había ido con la sensación de ser útil, de aportar con su propia contribución, de tomar parte en algo, de ser parte integrante de un todo.

La empresa, quizá, la había salvado.

Había apreciado las conversaciones por la mañana frente a la máquina de bebidas, los palillos agitados en el café para disolver el azúcar, los formularios de petición de material, las plantillas de horarios, las listas de destinos, había apreciado los portaminas desechables, los rotuladores fluorescentes de todos los colores, las cintas correctoras, los cuadernos cuadriculados de gruesas tapas de color naranja, las carpetas, había apreciado los olores vomitivos de la cantina, las reuniones anuales, las reuniones interdepartamentales, las tablas dinámicas cruzadas de Excel, los gráficos 3D de PowerPoint, las colectas por los nacimientos y las fiestas de despedida a quienes se jubilaban, había apreciado las palabras pronunciadas a las mismas horas, todos los días, las preguntas recurrentes, las fórmulas vacías de sentido, la jerga propia de su departamento, había apreciado el ritual, la repetición. Necesitaba eso.

Ahora le parece que la empresa es un lugar que tritura. Un espacio totalitario, un lugar de depredación, un lugar de engaño y abuso de poder, un lugar de traición y mediocridad.

Ahora le parece que la empresa es el síntoma patético de la más vana de las ecolalias.

Thibault se ha a montado de nuevo en el coche. Ha puesto el contacto, ha liberado el freno de mano y se ha ido.

Ha conducido hasta la villa Brune por una gastroenteritis, después hasta la avenida Villemain por una rinofaringitis. Después, se ha visto obligado a volver al sector cuatro por una insuficiencia respiratoria, no sin antes haber llamado a la central para protestar.

Audrey acababa de comenzar su turno. A sus reproches, ha respondido lo mismo que Rose hacía unas horas:

–Thibault, hoy nos ha caído un gran marrón.

Y ella tenía razón. Desde esta mañana, Thibault percibía a su alrededor una especie de resistencia, un espesor inhabitual del aire, una lentitud general que no iban asociados con ninguna suavidad. Al contrario, ahora le parecía que en la superficie de las cosas afloraba una violencia sorda que la ciudad ya no podía contener.

Se para frente al Monoprix, comprueba la dirección y el número del bulevar al que debe dirigirse. Ha subido demasiado. Ha debido de pasar por delante sin darse cuenta. Tendrá que dar la vuelta. Suspira.

Tras tres calles de sentido único, consigue girar a la derecha. Un taxi aparcado en doble fila impide el paso. Está atrapado otra vez. En el interior, el taxista y el cliente están en plena discusión. Thibault pone el punto muerto. Levanta el pie izquierdo del pedal, cierra los ojos.

Hay días en los que las cosas fluyen, se encadenan, en los que la ciudad abre paso, se deja llevar. Y luego hay días como este, caóticos, cansinos, en los que la ciudad le niega toda seguridad, en los que no le ahorra nada. Ni los atascos, ni los desvíos, ni las descargas interminables, ni las dificultades para aparcar. Días en los que la ciudad está tan tensa que teme que en cada cruce pueda pasar algo. Algo grave, irreparable.

Desde esta mañana, desde que está solo, vuelven las palabras, dispersas, buscan un sentido a la luz del fracaso. En cuanto está solo, la voz de Lila se insinúa, llevada por sus entonaciones, bajas, estudiadas.

«¿Por qué te conozco ahora?»

Ella está echada de lado frente a él, le acaricia la muñeca. Acaban de hacer el amor por primera vez. Eso basta para saber que están bien juntos. No es un asunto de gimnasia. Es un asunto de piel, de olor, de materia.

Inaugural, la frase instaura el desequilibrio. Todo está en el *ahora.* ¿Ahora qué? ¿Ahora que no se ha curado de otra historia, ahora que tiene ganas de irse a vivir al extranjero, ahora que acaba de cambiar de trabajo? Poco importa. Él tendrá todo el tiempo para imaginar, deducir, inventar. *Ahora* no es buen momento.

Y después hubo otras palabras.

«Si aguantas una semana más, te compro un cepillo de dientes.»

«Imagina que al volver de Ginebra te digo: alquilemos un piso y tengamos un hijo.»

«El riesgo no es que no te quiera lo suficiente, es que te quiero demasiado.»

Palabras en las que entreveía su parte de sueño, su aptitud para la ilusión, palabras inscritas en el momento, en su magia efímera, palabras a las que no había sabido responder. Palabras carentes de traducción, contradictorias, ajenas a la realidad.

Lila hablaba en la oscuridad, ya entrada la noche, o en la ligereza que le contagiaba el alcohol, después de algunas copas. Lila hablaba como si cantara una canción escrita por otros, por el placer de la aliteración y la rima, ajena al sentido. Palabras sin consecuencias, volátiles.

Él no creyó en ese amor fragmentario, intermitente, ese amor que podía prescindir de él durante días, incluso semanas, ese amor desprovisto de contenido.

Porque Lila tenía siempre algo más importante que hacer.

No era buen momento. Y él llegaba una y otra vez a la misma conclusión: su relación se había desgastado incluso antes de haber empezado. Se había desgastado por funcionar vacía.

Le gustaría estar lejos, estar aún más lejos. Le gustaría que el tiempo hubiese transcurrido, ese tiempo incomprensible con el cual debería pasar su sufrimiento, seis meses, un año. Le gustaría despertarse en otoño, casi nuevo, ver que la herida era ya una fina cicatriz.

Se trata de organizar el tiempo hasta poder volver a vivir.

Rellenar, esperando a que pase.

Un bocinazo le devuelve a la realidad. Ante él, la vía está despejada. Thibault da la vuelta, aparca por fin ante el edificio donde le esperan. Agarra su maletín con la mano izquierda, un gesto que vuelve a veces, cuando está cansado.

A los veinte años, para no atraer la atención sobre su discapacidad, renunció a ser zurdo. Poco a poco, a fuerza de voluntad, aprendió a servirse de la mano derecha. Al cabo de los años, sus gestos se modificaron, su forma de escribir, de beber, de acariciar, de apoyarse, de hablar, de limpiarse la nariz, de frotarse los ojos, de disimular un bostezo. Su mano izquierda abandonó el primer plano, se borró, replegada sobre sí misma o escondida en una manga del abrigo. A veces, sin embargo, se pone en tensión, en el momento en el que menos se lo espera.

Piensa en ello, en cómo vuelven las cosas, resurgen, mientras sube la escalera.

La pintura está descascarillada, las paredes amarillas rezuman humedad, a partir del segundo piso la luz de la escalera no funciona. Antes de vivir allí, ignoraba que la ciudad podía estar abandonada. Hasta qué punto podía ser decadente. No conocía su rostro arrasado, sus fachadas decrépitas, su olor a desamparo. Ignoraba que la ciudad pudiese exhalar tal hedor y dejarse roer poco a poco.

En el cuarto centro, llama a la puerta. Espera.

Se dispone a llamar de nuevo cuando escucha acercarse unos pasos arrastrándose. Unos minutos después, se oyen los cerrojos.

En el quicio aparece una anciana. Doblada sobre sí misma, las manos agarradas a su bastón, le observa unos segundos antes de abrir del todo. La transparencia de su camisón deja adivinar la delgadez de su cuerpo. Apenas consigue mantenerse en pie.

En el interior, el olor es muy fuerte, en el límite de lo soportable. Un olor a viejo, a cerrado, a basura. Desde la entrada, Thibault distingue el estado de la cocina. En la pila se acumula la vajilla, en el suelo reposa una decena de bolsas de basura.

La mujer le precede, avanza a pasitos hacia el comedor, le invita a sentarse en una silla.

–Bueno, ¿qué le pasa, señora Driesman?

–Estoy cansada, doctor.

–¿Desde hace cuánto tiempo?

No responde.

Observa su tez grisácea, su rostro demacrado.

Ha apoyado las manos en su regazo. De pronto Thibault piensa que esa mujer va a morir allí, delante de él, va a extinguirse sin hacer ruido.

–¿Cómo de cansada, señora Driesman?

–No lo sé. Estoy muy cansada, doctor.

Su boca está completamente vuelta hacia dentro, sus labios han desaparecido.

–¿No tiene usted dentadura postiza?

–Se cayó ayer debajo del lavabo. No puedo agacharme.

Thibault se levanta, se dirige hacia el cuarto de baño. Recoge la dentadura del suelo, la enjuaga bajo el grifo. El suelo está negro de grasa. Sobre un estante distingue un viejo tubo de Steradent. Por suerte, queda un comprimido. Vuelve con la dentadura flotando en un vaso que coloca ante ella, sobre el mantel de hule.

–Dentro de una hora o dos, podrá volver a ponérsela.

Ha visto centenares de mujeres y hombres como la señora Driesman. Mujeres u hombres que la ciudad aloja sin saberlo. Que acaban muriéndose en su casa y cuyos cadáveres se descubren semanas más tarde, cuando el olor es demasiado fuerte o los gusanos han atravesado el umbral.

Hombres o mujeres que a veces llaman a un médico simplemente para ver a alguien. Oír el sonido de una voz. Hablar unos minutos.

Al cabo de los años, ha aprendido a reconocer el aislamiento. El que no se ve, escondido en pisos miserables. Ese del que no se habla. Porque las señoras Driesman pasan a veces meses sin que nadie se dé cuenta de que ni siquiera tienen fuerzas para ir a retirar su pensión.

Hoy algo le ha tocado de lleno, no consigue poner la distancia necesaria entre él y esa mujer.

La mira y siente ganas de llorar.

–¿Vive usted sola?
–Mi marido murió en 2002.
–¿Tiene usted hijos?
–Tengo un hijo.
–¿Viene a verla su hijo?
–Vive en Londres.
–¿Sale usted de casa, señora Driesman?
–Sí, sí, doctor.
–¿Ayer salió usted?
–No.
–¿Y anteayer?
–No.
–¿Hace cuánto tiempo que no sale usted?

La mujer ha escondido su rostro entre las manos, con el cuerpo sacudido por los sollozos.

Aparte de dos tubos de leche condensada, el frigorífico está vacío. En la despensa solo encuentra latas de atún y de sardinas. Vuelve al comedor, se acerca a ella.

–¿Hace cuánto tiempo que no puede salir, señora Driesman?

–No lo sé.

Ha auscultado a la señora Driesman y le ha tomado la tensión.

Le ha dicho que preferiría enviarla al hospital y que permaneciera ingresada hasta que contara con el seguimiento de un trabajador social. Que después podría volver a su casa, con la visita diaria de un asistente a domicilio.

La señora Driesman se ha agarrado con las dos manos a la mesa, no ha querido saber nada. De ninguna manera querría abandonar su casa.

No podía obligarla. Él no tenía derecho a ello.

Ha vuelto a montarse en el coche después de haberle prometido volver al día siguiente. Antes de arrancar, ha llamado a Audrey para que la central se ocupe de enviar un aviso. Hace unos meses, Thibault visitó a un paciente en un estado similar. El anciano rechazó la hospitalización, murió esa misma noche por deshidratación.

En el momento en que puso el motor en marcha, pensó que con el paso de los años sus errores habían terminado formando una bola compacta de la que nunca podría librarse. Una bola que no dejaba de crecer en una progresión exponencial.

Es médico en la ciudad y su vida se reduce a eso. No ha comprado nada permanente, ni piso, ni casa en el campo; no ha tenido hijos, no se ha casado, no sabe por qué. Quizá simplemente por no tener anular izquierdo. No puede ponerse una alianza. Se alejó de su familia y no la ve más que una vez al año.

No sabe por qué está tan lejos, de todo en general, lejos de cualquier cosa que no sea su trabajo, que le acapara por completo. No sabe cómo ha pasado el tiempo tan deprisa. No tiene una respuesta particular a eso. Pronto hará quince años que es médico y no ha pasado nada más. Nada fundamental.

Thibault observa por última vez el edificio miserable donde vive esa mujer desde hace cuarenta años.

Tiene ganas de volver a su casa. De echar las cortinas y acostarse.

Su vida no tiene nada que ver con las de los personajes de esa serie francesa de televisión tan exitosa en los años ochenta. Esos médicos vivos y valerosos que atravesaban la noche, aparcaban sobre la acera y subían los escalones de cuatro en cuatro. Él no tiene nada de héroe. Tiene las manos metidas en mierda y la mierda pegada a las manos. Su vida está privada de sirenas y luces de emergencia. Su vida se reparte entre un sesenta por ciento de rinofaringitis y un cuarenta por ciento de soledad. Su vida no es más que eso: una vista fabulosa sobre la amplitud del desastre.

El mundo se está cerrando. Se ha estrechado en torno a ella. El despacho sin ventana, la zona de actividad, todo el espacio. Mathilde no consigue pensar, ya no sabe lo que es conveniente hacer o no hacer, lo que conviene callar o gritar.

Su vida se ha encogido.

Todo se ha vuelto tan pequeño, tan limitado...

Todavía escucha la voz desquiciada de Jacques: «No me hable en ese tono.» Ese monólogo de varios minutos, su voz fuerte, indignada, destinada a los demás.

Jacques ha pasado a la ofensiva. No va a quedarse ahí. Le conoce. En el transcurrir de las horas, algo se trama que ella ignora todavía. Es necesario adivinar su estrategia, anticipar los próximos ataques. No solo resistir o defenderse, decía Paul Vernon.

Atacar.

Quizá ya hayan dado las cuatro. O todavía no. A su pesar, Mathilde cuenta el tiempo que le queda. Está alejada de sí misma, a distancia. Se ve con la espalda apoyada en el respaldo de su silla giratoria, las manos abiertas sobre la mesa, el rostro inclinado hacia delante, en la posición exacta que adoptaría si estuviera analizando datos o estudiando un documento.

Pero bajo sus ojos no hay más que la carta de un juego.

El arcón, los estantes, las manchas oscuras de la moqueta, una larga grieta sobre ella, la lámpara halógena, el perchero inclinado, el lugar del mueble auxiliar con ruedas, cada detalle de ese despacho ya le resulta familiar. En solo una mañana. Ha tenido tiempo de absorberlo todo, de integrarlo todo, el más pequeño rincón, la huella más diminuta.

Los objetos están inmóviles. Y silenciosos. Hasta ahora, no era consciente de ello, nunca se había dado cuenta de hasta qué punto los objetos son solo objetos. Su propensión natural a gastarse, a degradarse, a estropearse, si nadie los acaricia, los protege, los cubre.

Como ellos, ha sido relegada al fondo de un pasillo, desterrada de los espacios nuevos, abiertos.

En medio de esa comunidad muerta, desparejada, ella es el último suspiro, la última respiración. Está en vías de extinción. De hecho, no tiene otra cosa que hacer. Apagarse. Fundirse con el decorado, adoptar las formas envejecidas, pegarse a ellas, hundirse como un fósil.

Sus pies se balancean bajo la silla. Nada se le escapa. Se fija en todo. Se encuentra en un estado de consciencia aguda, singular. Cada uno de sus gestos, de sus movimientos, la mano en su pelo, la respiración que eleva su pecho, el salto del músculo de su muslo, el menor latido de sus párpados, nada se mueve sin que ella lo sepa.

Ni alrededor ni en su interior.

El tiempo se ha vuelto espeso. El tiempo se ha amalgamado, aglutinado, el tiempo se ha bloqueado a la entrada de un embudo.

Va a salir del despacho. Va a cruzar la planta con paso rápido, su cuaderno bajo el brazo, va a surgir aquí y allí, irrumpir, sin avisar, sin llamar a la puerta, va a preguntar: «Bueno, ¿qué tal?» O bien: «¿Por dónde íbamos?» Va a sentarse frente a Éric o Nathalie, va a echarse a reír, va a preguntarles por sus hijos, va a organizar una reunión extraordinaria, una reunión de crisis, va a declarar el fin de las hostilidades, el advenimiento de la creatividad individual, la abolición de los márgenes brutos. O va a vagar por los pasillos descalza, caminará al azar, acariciará las paredes con sus manos vacías, tomará el ascensor, pulsará cualquier botón, canturreará canciones tristes y nostálgicas, no preguntará nada, observará a los demás mientras trabajan, se tumbará sobre la moqueta apoyada sobre un codo, encenderá un cigarrillo, echará la ceniza en las macetas, no responderá a las preguntas, se reirá de las miradas, sonreirá.

Mathilde se levanta, no cierra la puerta tras ella, se dirige hacia el ascensor. Va a bajar a tomar el aire. A respirar. Pulsa el botón, se acerca al espejo para observar su rostro.

Ha envejecido. Cansada. Le han caído diez años en unos meses, ya no se reconoce.

Ya no tiene nada de la mujer conquistadora de antaño.

Ante la puerta del edificio, reconoce a los fumadores. Siempre los mismos. Bajan varias veces al día, solos o en grupo, se disponen alrededor del cenicero, charlan, pasan el tiempo. Por primera vez desde hace mucho tiempo, tiene ganas de fumar. Tiene ganas de sentir cómo el humo le arrasa la garganta, los pulmones, invade su cuerpo, la anestesia. Podría acercarse a ellos, pero mantiene la distancia. Bastante cerca. Entre los reflejos de la luz, no distingue más que sus siluetas, trajes oscuros, camisas claras, zapatos brillantes. Escucha jirones de conversación, hablan de las normas ISO y de procesos de certificación.

Esa gente, así disfrazada, va todos los días al despacho. Camina en la misma dirección, persigue un objetivo común, habla la misma lengua, cohabita en la misma torre, sube en los mismos ascensores, come en la misma mesa, está sujeta al mismo convenio colectivo, tiene un trabajo, un estatus y un coeficiente, paga su seguridad social, acumula días de vacaciones y días de libre disposición para el año siguiente, percibe un plus de transporte y declara su base imponible al final del año.

Trabajan.

Aquí, repartidos en diez plantas, son trescientos.

Más allá, son millones.

Esas personas, así disfrazadas, han dejado de reconocerla, fuman sus cigarrillos sin verla siquiera. De hecho, tiran la colilla al suelo y entran en el edificio.

De vuelta a su despacho, observó la carta del Defensor del Alba de Plata: no se había movido de su sitio. Ni un pelo. Se mantenía en la misma posición de firmes, blandiendo su escudo frente al enemigo, de pie, cara al viento. Pensó en el balance provisional de aquel 20 de mayo: Jacques la había trasladado a un cuartucho sin previo aviso alguno y le había colgado el teléfono después de haber fingido que ella le había insultado.

Pensó que aquel 20 de mayo era el día del caos y de la violencia y que no se parecía en nada al día que le había anunciado la vidente.

Cuando quiso utilizar el ordenador, ya no respondía. Ni el ratón ni el teclado.

Los peces se habían ahogado. La pantalla estaba negra.

Mathilde pulsó de forma simultánea las teclas ALT y F4 para reiniciar la máquina. Esperó a que se apagara unos segundos antes de iniciar el sistema. Pensó en los atajos de teclado, recordó mentalmente la lista de los que conocía –teclas ALT y CTRL–, que le permitían copiar, pegar, guardar, se preguntó si existían funciones semejantes en la vida cotidiana, una forma de ir más rápido, de evitar el problema, de pasarlo por alto.

Pensó que esos minutos perdidos esperando a la máquina –sus humores, sus lentitudes y sus tonterías–, esos minutos que antes la horrorizaban, que la encolerizaban, ahora la reconfortaban.

Esperar a la máquina llenaba el tiempo.

Mathilde está frente a la pantalla, las manos levantadas sobre el teclado.

Aparece un mensaje de error, señalado por una especie de gong, se sobresalta. Lee una primera vez, no entiende nada. Lo vuelve a leer.

> La DLL system user 32 ha sido reposicionada en memoria.
>
> La aplicación no se ejecutará correctamente.
>
> La reposición se ha realizado pues la DLL C/Windows/Sistem 32/HHCTRL.OCX ocupaba una zona de dirección reservada para las DLL del Sistema de Windows NT.
>
> Debe ponerse en contacto con el suministrador de la DLL para obtener una nueva.

Podría echarse a llorar. Allí, inmediatamente. Al fin y al cabo, nadie la vería. Nadie la escucharía. Podría ponerse a gemir sin contenerse, dejar fluir su pena sobre el teclado, entre las teclas, infiltrarse en los circuitos. Pero ya sabe cómo funciona eso. En esos momentos. Cuando se abre la caja. Cuando uno se deja llevar. Sabe que unas lágrimas llaman a otras, que todas tienen el mismo gusto salado. Cuando llora, echa de menos a Philippe, la ausencia de Philippe se hace palpable desde el interior de su cuerpo, se pone a luchar como un órgano atrofiado, un órgano de dolor.

Entonces, vuelve a leer el mensaje y se echa a reír. Se ríe sola en un despacho sin ventana.

Marca el número de mantenimiento. Esta vez le responde un hombre cuya voz le es desconocida. Pide hablar con el otro, dice: un señor alto y rubio que ha venido esta mañana. Con una camisa azul claro. Y gafas.

Ha recibido otra llamada. La avisarán. Llamará en cuanto le sea posible.

Ella espera, otra vez. En ese espacio de dislocación sorda y de desprendimiento mudo, en la inminencia de su propia caída.

Hoy, cada uno de sus gestos, de sus movimientos, cada una de sus palabras y su risa en el silencio convergen en un solo punto: un fallo en el orden de los días, un fallo del que no saldrá indemne.

Va a llamar a la compañía de ferrocarriles. Mientras espera. Va a reservar billetes de tren para marcharse, no importa dónde, en cuanto acaben las clases, va a tomar el tren hacia el sur con los niños, irán a la orilla del mar, a Niza, a Marsella o a Perpiñán, no importa, encontrará un hotel o algún apartamento para alquilar. Debe reservar los billetes, debe fijarse un punto de agarre, debe aferrarse a una fecha que escribir en su agenda más allá de hoy, más allá de mañana, en la prolongación opaca del tiempo. Comprueba la fecha de las vacaciones escolares y marca el número.

Tras unos segundos de música, una voz de mujer le anuncia que está a la escucha. Esa voz no pertenece a nadie, emana de un sistema informático altamente sofisticado. Es la voz que se oye en todas las estaciones, reconocible entre miles, esa voz que pretende escucharla.

¿Acaso esa voz la escucharía si dijese ya no puedo más, si dijese me he equivocado, sáqueme de aquí? ¿Acaso esa voz la escucharía si dijese vengan a buscarme?

El sistema de reconocimiento de voz le solicita que concrete su petición. Mathilde sigue las instrucciones.

Articula bien, separa las sílabas unas de otras. En el despacho casi vacío, su voz resuena.

Dice: «Billetes.»

Dice: «Vacaciones.»

Dice: «Francia.»

Desde el fondo de su despacho, habla con *alguien* que no es nadie. *Alguien* que tiene el mérito de responderle educadamente, de hacerle repetir palabras sin alterarse, que no se pone a gritar, que no finge que le están insultando. *Alguien* que le indica qué hacer, paso a paso, que le dice no he comprendido su respuesta, con el mismo tono paciente y amable.

Alguien que la informa de que un operador atenderá su petición. Su tiempo de espera estimado es de al menos tres minutos. Mathilde espera.

–Buenas tardes, soy Nicole, ¿en qué puedo ayudarla?

Esta vez es una mujer de verdad a la que apenas oye entre el guirigay de sus compañeros, hombres y mujeres que hacen lo mismo que ella ocho horas diarias. Una mujer de verdad que domina el ordenador y habla de él en tercera persona.

Mathilde reserva cuatro billetes para Marsella que debe retirar en la estación antes del 6 de junio, a las nueve y veinte.

La mujer de verdad deletrea la referencia de su reserva.

–Q de Quentin, T de Thibault, M de Matthieu, F de François, otra T de Thibault, A de Anatole: QTMFTA.

Sus vacaciones llevan nombres de hombres.

Su DLL system user 32 ha sido repuesta en la memoria.

El tipo alto y rubio está ocupado fuera.

El olor a espray Frescor de Glaciares es vomitivo.

Está en el corazón de lo absurdo del mundo, de su desequilibrio.

El hombre de mantenimiento ha entrado en su despacho. Un teléfono móvil cuelga de su cintura, un cúter sobresale del bolsillo de su camisa, su pelo está revuelto, como si se hubiese descolgado desde el décimo piso con una cuerda de escalada. Solo le falta la capa, una larga capa roja ondeando al viento. El hombre de mantenimiento es un empleado necesario, eso se ve en su cara, en su entrecejo, en su gesto preocupado. Está localizable en cualquier momento, circula sin cesar por las diez plantas, repara, restaura, vuelve a poner en marcha. El hombre de mantenimiento presta ayuda y asistencia. Quizá tenga algún parentesco con el Defensor del Alba de Plata inapreciable a simple vista.

Le han avisado de que Mathilde tenía un problema.

Con gesto cansado, le señala el ordenador. Mueve el ratón, el mensaje de error aparece de nuevo.

La tranquiliza. No es nada.
Va a reiniciar el equipo. Suele pasar.
Mathilde le cede su sitio para que pueda sentarse.

Mientras él se afana, ella duda y, finalmente, le plantea la cuestión:
–He bajado a tomar el aire unos veinte minutos, hace un rato. ¿Piensa usted...? ¿Puede alguien haber venido en mi ausencia y estropear..., bueno, quiero decir, colarse en mi ordenador?

El hombre de mantenimiento la mira. Su arruga de la frente más marcada.
–No, no tiene nada que ver. Es un problema de configuración. No, no... Yo... le aseguro...
Se calla, continúa con su trabajo. Después, se vuelve de nuevo hacia ella, su voz es más suave:
–Mi querida señora, si no le importa que se lo diga..., tendría que..., quizá tendría que descansar.
Está ese gesto de él hacia ella, como si fuera a ponerle la mano sobre su hombro, ese gesto interrumpido.
¿Acaso tiene un aspecto tan frágil? ¿Tan cansado? ¿Tan devastado?
Ella mira la mano del hombre, que ha vuelto al teclado, ágilmente.

El hombre de mantenimiento ha terminado. Ha reiniciado el equipo. Los peces han vuelto a aparecer. Se golpean de nuevo.

En el momento en el que atraviesa el umbral de la puerta, Mathilde le llama:

–En cuanto a la carta, voy a hablar con mi hijo esta tarde, veré si es posible... Quiero decir para dársela al suyo, a su hijo. Voy a ver qué puedo hacer.

El teléfono ha sonado. En la pantalla aparece el número de Patricia Lethu.

La responsable de recursos humanos le comunicaba que había un puesto vacante en el centro de investigación de otra filial del grupo. Un puesto de directivo en el seno del departamento de nuevos productos y estudios sensoriales, que suponía la gestión directa de un equipo de cuatro personas. El puesto estaba libre desde hacía dos semanas porque no habían encontrado el candidato ideal mediante un cambio de destino interno. Teniendo en cuenta el contexto económico, estaba excluida la contratación externa. A Patricia Lethu le costaba disimular su entusiasmo.

–He enviado su currículum y he llamado yo misma al director del centro, a quien conozco personalmente. La he recomendado a usted. De momento, están estudiando una o dos candidaturas, pero parece ser que su perfil es el más adecuado. He insistido mucho. Tendré noticias muy pronto, necesitan a alguien de forma urgente, el puesto no puede permanecer vacante mucho tiempo. No he considerado necesario comentar nada sobre su problema actual. Eso le habría restado puntos. Hace ya más de ocho años que trabaja para nosotros, es totalmente legítimo que aspire a un ascenso.

Mathilde ha contenido la respiración todo el tiempo que Patricia Lethu ha estado hablando. Ha dicho que sí, por supuesto. Por supuesto que le interesaba.

Sus mejillas se han encendido. Cuando ha colgado, ha sentido que su cuerpo se ponía en marcha; una impaciencia en los gestos, una circulación más rápida de la sangre, un impulso extraño que partía del final de la espalda para subir hasta los hombros y obligarla a estirarse. Su corazón latía hasta en sus muñecas, podía percibirlo, y en las venas de su cuello.

Se ha levantado de la silla, necesitaba moverse. Ha dado vueltas por su despacho, durante unos minutos no ha oído los ruidos exteriores, ni el torrente de la cisterna, ni las voces.

Mathilde necesitaba tomar el aire. Ha bajado de nuevo, al fin y al cabo, qué importaba.

Ha permanecido fuera un momento. Los ojos cerrados, el rostro vuelto hacia el sol. Por encima de ella se elevaba la pirámide de cristal, de apariencia tan lisa.

Otro grupo ha bajado a fumar, entre ellos ha reconocido a gente del control de gestión y de los servicios administrativos. La han saludado. Una chica ha sacado un cigarrillo de su paquete y se ha girado hacia Mathilde para ofrecerle uno. Tras un segundo de duda, Mathilde lo ha rechazado. La chica no se ha vuelto hacia los otros, se ha quedado cerca de Mathilde, al otro lado de la puerta. La chica le ha preguntado en qué departamento trabaja, desde hace cuánto tiempo. Si ha probado los cursos de gimnasia a la hora de la comida, si sabe de una piscina cerca de allí, si vive lejos. Lleva un vestido ligero con motivos geométricos y calza zapatos con cuña.

Se llama Elizabeth. Trabaja en la empresa desde hace un mes.

Elizabeth está contenta de estar allí, eso es lo que ha dicho, ha encontrado «el trabajo de sus sueños». Durante unos segundos Mathilde ha pensado que siente envidia de Elizabeth, de su juventud, de su confianza. De su forma de salpicar de humor sus sentimientos. Ha pensado que le gustaría mucho estar en su lugar, llevar el mismo vestido, los mismos zapatos, tener las mismas manos finas, la misma seguridad, esa forma fluida de moverse, de mantenerse de pie. Y que eso sería infinitamente más fácil si ella fuera otra persona.

Elizabeth ha subido con sus compañeros, ha dicho:

–Hasta pronto. Espero que nos volvamos a ver.

Qué extraño. Esa mujer había venido hacia ella, le había hablado. Le había hecho preguntas, se había reído.

Mathilde tomó el ascensor para volver a subir. Cuando entró, el despacho 500-9 le pareció menos estrecho.

Apenas se ha sentado y su teléfono ha sonado otra vez. Era el director del centro de investigación. Había estudiado su currículum, querría verla cuanto antes. ¿Sería posible una reunión mañana mismo?

No sabe gracias a qué milagro o a qué movilización extrema de sus últimos recursos, a qué gran esfuerzo, a qué sobresalto, ha conseguido responder a sus preguntas con voz calmada, relativamente segura de sí misma, eso le ha parecido, como si no se estuviera jugando su salud mental, como si solo estuviera jugándose un cambio de destino.

Ha sido capaz de describirle cuáles eran sus funciones, sus responsabilidades y sus principales logros, como si todo ello existiera todavía, como si nunca se le hubiese escapado. Ha dejado a un lado nueve meses de vacuidad, un vago paréntesis en la continuidad del tiempo, ha encontrado palabras que ya no emplea, la jerga profesional, las fórmulas voluntarias y proactivas, ha evocado cifras, el montante de los presupuestos, no se ha equivocado.

El director del centro de investigación la conocía de nombre, apreciaba mucho sus artículos en la revista del grupo.

–Confieso que siempre buscaba su firma. Es una pena que haya dejado de escribir, supongo que ya no tiene tiempo. Estamos todos en la misma situación: centrados en lo nuestro. En fin, será un placer verla mañana, si usted lo desea. Estaré reunido casi toda la tarde, ¿sería posible a las seis y media?

Había algo sencillo en su forma de dirigirse a ella, una especie de bondad.

Ha colocado su plano del metro sobre la mesa para estudiar la forma de ir hasta allí. Ha estudiado la distancia entre el centro de investigación y su domicilio, ha considerado las distintas posibilidades, evaluado los tiempos de trayecto. No está lejos. Media hora a lo sumo.

Se pondrá el traje gris o quizá el negro, realzado con un fular rojo, no beberá café después de la comida, se marchará sobre las cinco y media de la tarde para asegurarse de no llegar tarde, se esforzará por sonreír, no hablará de Jacques, evitará toda alusión implícita o explícita a su relación, contará sus propios éxitos, el reposicionamiento de la marca L., el lanzamiento de complementos alimenticios B., las últimas operaciones de fidelización, se planchará la blusa blanca, se levantará antes para lavarse el pelo, evitará los temas que puedan volverla frágil, evocará la creación del panel de consumidores, los productos test que había puesto en marcha hacía unos años, no cruzará las piernas, se pintará las uñas con esmalte transparente, no hablará de sus hijos salvo si le preguntan, empleará verbos de acción, evitará el condicional y toda formulación que pueda revelar alguna forma de inercia o de pasividad. Ah, y se mantendrá erguida.

Hace ya un rato que Mathilde está inmersa en sus reflexiones estratégicas cuando un sonido semejante al acorde de un carillón le anuncia la llegada de un correo electrónico. La ayudante del director del centro de investigación le envía una confirmación de su cita, así como un plano de acceso a la sede. El correo le ha sido enviado con alta prioridad, se ha dado cuenta enseguida, se ha emocionado.

Ha permanecido inmóvil varios minutos frente a la pantalla, algo que parecía imposible se abre ante ella.

Se ha dicho que la vida quizá retome su curso, que quizá vuelva a ser ella misma, que quizá recupere la amplitud de sus gestos, el placer de ir al trabajo y el de volver a su casa. Que ya no pasará horas tumbada en la oscuridad, con los ojos abiertos, que Jacques saldrá de sus noches tan deprisa como entró, que tendrá de nuevo historias que contar a sus hijos, que los llevara a la piscina o a patinar, que volverá a improvisar cenas con restos a las que dará nombres estrafalarios, que pasará las tardes enteras con ellos en la biblioteca.

Se ha dicho que volverá a encontrar ese bienestar. Que nada está perdido.

Ha pensado que va a comprar una pantalla plana para las noches que pasa con sus deuvedés y que renovará su tarjeta de socia del videoclub. Ha pensado que invitará a sus amigos a cenar, que celebrarán su cambio de destino con champaña, que, después de haber apartado la mesa y las sillas, quizá terminen bailando en su pequeño salón. Como antes.

Desea llegar al día siguiente.

Tiene el valor suficiente para ir. Es capaz de hacerlo.

Ha llamado a Théo y a Maxime para asegurarse de que han vuelto bien y después al móvil de Simon para recordarle que no debe retrasarse porque sus hermanos están solos en casa.

Ha llamado a su madre, que le había dejado varios mensajes esos últimos días a los que no había respondido. Ha hablado de los niños, están bien, sí, los gemelos se preparan para ir a clase de vela y Simon había conseguido el cinturón marrón de judo. Su madre ha dicho: tu voz suena bien. Ha prometido volver a llamarla el fin de semana.

Esa tarde, a la vuelta, comprará pescado, quizá un pollo, y tartaletas de fresa para el postre.

Dará a esa noche un regustillo a fiesta, sin contarles nada a los niños, sin revelarles nada, solo por ver brillar sus ojos. Solo para darse fuerzas.

Ha entrado en la página del centro de investigación, ha tomado notas, ha preparado preguntas.

En sus cajas ha encontrado varios estudios de mercado y diferentes reflexiones de análisis estratégico firmadas por ella misma en el transcurso de los dos últimos años. Por un lado, ha hecho una lista con los puntos fuertes de su candidatura; por otro, de las competencias que, al contrario, tendría que adquirir. El balance le es favorable.

Se ha sobresaltado cuando ha sonado el teléfono.

Patricia Lethu quería precisarle que, en caso de que Mathilde fuese contratada, pondría todo de su parte para que el cambio de destino fuese inmediato. Teniendo en cuenta el contexto.

Se ha imaginado una nueva vida, caras nuevas, un nuevo decorado. Nuevas trayectorias.

Se ha imaginado una especie de bienestar, una vuelta a la normalidad.

Mientras Thibault volvía a entrar por décima vez en su coche, la siguiente visita ha aparecido en su móvil. No ha arrancado. Tenía una necesidad irreprimible de dormir, allí, de golpe, le habría bastado con apoyarse sobre el reposacabezas y dejarse llevar. Ha esperado unos minutos, la mano sobre la llave de contacto, y después ha vuelto a salir. Se había formado una cola delante de la panadería, pegada al escaparate. No tenía ni idea de la hora que era. La gente empezaba a salir del trabajo, caminaba con paso apresurado.

Ha entrado en el bar más cercano, ha pedido un café. Ha avisado por SMS de que se tomaba una pausa.

Mira a su alrededor. Durante semanas, ha observado a los hombres. Su forma de hablar, de estar, la marca de su ropa, la forma de sus zapatos. Y en todos y cada uno de los casos, examinados con lupa, se ha preguntado si Lila podría enamorarse de un hombre así. Y a él, si fuese más guapo, más alto, más clásico, más locuaz, más arrogante, ¿le amaría? Durante semanas, ha perdido el tiempo en hipótesis y conjeturas. Ha buscado lo que fallaba en él, su parte disonante.

Esta vez no. No mira a nadie, solo respira.

Ha dejado a Lila. Lo ha hecho. Ya no siente tanto dolor. Al cabo de las horas, algo en él se ha calmado. Quizá termine por apagarse, como una vela privada de oxígeno. Quizá llegue un momento en que se comprenda que se ha evitado lo peor. Un momento en el que uno vuelve a encontrar la confianza en su propia capacidad para recomponerse, reconstruirse.

Se siente mejor. Pide un segundo café.

Se va a marchar. Dos o tres visitas más y el día habrá terminado.

El próximo fin de semana se comprará una pantalla plana para las noches que pasa con sus deuvedés. Después invitará a sus amigos de la facultad, a los que se asentaron en París pero que nunca ve porque trabaja demasiado. Organizará una fiestecita en su casa, comprará comida y bebida. Y quizá terminen apartando la mesa y las sillas para bailar en el salón. Como antes.

Deja el dinero en la barra y sale del café.

Cuando se mudó aquí, no había cumplido los treinta. Quería ejercer su profesión, enfrentarse al enigma de las patologías, perderse en la ciudad. Quería conocer la extensión de las lesiones, el azar de las afecciones, la profundidad de las heridas.

Quería verlo todo y lo ha visto todo. Ahora, sin duda, le falta vivir.

Patricia Lethu hablaba en voz baja, rápida, las palabras entrechocaban por las prisas. Patricia Lethu se sentía arrollada por los acontecimientos. Mathilde se la imaginaba en el fondo de su despacho, con la puerta cerrada, acurrucada sobre el auricular del teléfono, una mano delante de la boca para mitigar el volumen de su voz. Mathilde le ha pedido varias veces que se lo repitiese, ha debido de entenderlo mal.

Patricia Lethu ha colgado precipitadamente, la llamaban por otra línea, ha dicho:

–Pasaré a verla dentro de un rato, no haga nada antes de hablar conmigo.

Jacques Pelletier ha pedido a la dirección de recursos humanos que envíe a Mathilde, por correo certificado, una carta de amonestación que él mismo ha redactado. Menciona las continuas agresiones verbales de las que ha sido objeto, los insultos que supuestamente ella le ha dirigido y el hecho de que Mathilde le hubiese colgado el teléfono en varias ocasiones. Se queja de su oposición sistemática a las orientaciones y a la estrategia de la empresa y describe, con varios ejemplos, su aislamiento voluntario y su rechazo a comunicarse con los demás.

Patricia Lethu leía extractos con la voz ahogada, tenía la carta ante ella.

La amonestación, consideró conveniente precisar, no supone sanción disciplinaria. Pero figurará a partir de ahora en su expediente. Puede constituir un elemento determinante en el marco de un proceso de rescisión de contrato o despido disciplinario.

De hecho, Jacques se opone formalmente a cualquier cambio de destino. La pérdida de un ejecutivo pondría en peligro su departamento. Se niega a plantearse siquiera la marcha de Mathilde mientras no se haya contratado y formado para su puesto a un sustituto. Según él, no puede hablarse de ningún cambio de destino antes de cuatro o cinco meses.

Patricia Lethu ha repetido:

–No haga usted nada antes de hablar conmigo.

Al contrario que los peces, que han vuelto a su baile de un lado al otro de la pantalla, el Defensor del Alba de Plata permanece inmóvil. Espera el momento adecuado, afina su estrategia.

El Defensor del Alba de Plata no es de los héroes que se lanzan a la acción sin haberse tomado su tiempo para pensar.

Mathilde echa un vistazo al reloj del ordenador. Son las seis menos cuarto. Intenta reconstruir los elementos enunciados por Patricia Lethu, anota en su cuaderno cuadriculado las palabras que recuerda, después las tacha y arranca el papel. No puede creérselo.

Todo esto no puede estar pasando sino en un sueño, todo esto no es más que una pesadilla de serie B, un escalofrío en medio de la noche que no significa nada. Una pesadilla como las que tenía de niña, cuando soñaba que había olvidado vestirse y se encontraba desnuda en medio del patio, lo que provocaba una carcajada general.

Llegará un momento en el que se despertará, se preguntará por la diferencia entre la realidad y el sueño, comprenderá que solo era eso, una larga pesadilla, o sentirá ese intenso alivio que sigue a la vuelta a la consciencia, incluso si su corazón late todavía hasta salirse del pecho, incluso si está empapada en sudor en la oscuridad de su habitación, un momento en el que será liberada.

Pero todo eso ha pasado desde el principio. Todo eso puede ser analizado, diseccionado, paso a paso. Esa mecánica despiadada, su enorme ingenuidad y los innombrables errores tácticos que ha cometido.

Es la adjunta de Jacques Pelletier. Así figura en su última nómina y en el organigrama de la empresa.

Ad-junta: junto a él.

Ligada.

Atada de pies y manos.

No va a dejarla escapar, escapar a su poder, tan fácilmente.

Él sabe perfectamente que puede reemplazarla. Y más en el punto donde se encuentran. Desde hace meses, se dedica a prescindir de ella, a evitarla. Desde hace meses ha puesto en marcha una organización que funciona sin ella, aunque él mismo tenga que trabajar el doble. No hay más que ver su rostro cansado, las ojeras bajo sus párpados. Él sabe perfectamente que encontraría a cien como ella si hiciese falta, más jóvenes, más dinámicas, más maleables, Corinne Santos a patadas, como caídas del cielo.

Ella ha llegado al final de una larga espiral tras la cual no hay nada. En el desarrollo lógico de las cosas, en la escalada progresiva e implacable de él, si ella lo piensa bien, ya no queda nada. ¿Qué más puede hacer para aplastarla? ¿Otras advertencias, otras humillaciones?

Haga lo que haga, diga lo que diga, ella saldrá perdiendo.

La mirada de Mathilde vaga a su alrededor, en el espacio inerte. Sus gestos ya no existen. Ni el bolígrafo que corre sobre el papel, ni el vasito que lleva a sus labios, ni su mano que abre el cajón.

Como ya lo ha perdido todo ya no tiene nada que perder.

Como Jacques ha demostrado poseer una semántica aproximativa, va a enseñarle el significado del verbo *insultar*.

Eso es.

Va a entrar en su despacho, va a lanzarle, cubrirle, sepultarle a insultos, hacerle una brillante demostración de la riqueza de su vocabulario, de hecho, ya empieza a hacer el inventario.

Va a hablarle *en ese tono,* peor aún, va a hablarle en un tono que ni siquiera se imagina, cuya existencia ignora, va a hablarle como nadie le ha hablado nunca. Entrará en su despacho, cerrará la puerta y las palabras saldrán de golpe, compactas, sin una respiración, sin un tiempo muerto que le permita responder, un río interminable de insultos. Escupirá sapos y culebras en su cara, será esa princesa de los cuentos infantiles, bajo un terrible sortilegio, esperando a ser liberada.

Mathilde se levanta, se dirige hacia el despacho de Jacques. Se imagina el alivio, lo anticipa.

En ese impulso que la empuja hacia él, vuelven las imágenes, la larga cuchillada sobre el cuerpo de Jacques, su pelo pegado a la frente, el miedo en sus ojos, la sangre empapando la moqueta.

Jacques está delante de ella. En el pasillo.

Lleva su maletín en la mano derecha, se encuentra delante del ascensor, el botón de llamada parpadea. A su alrededor las puertas de los despachos están abiertas, por la cristalera del espacio común Mathilde percibe a los demás, que aparentan estar ocupados, pero vigilan, lo sabe bien, esperan el rayo, el trueno, la explosión.

No tenía previsto encontrarle allí, dispuesto a marcharse, había imaginado verle en su despacho, al abrigo de las miradas. No puede derramarse allí, delante de todos, derramarse como un charco.

–Jacques, tengo que hablarle.

–No tengo tiempo.

Tras unos segundos, añade:

–No puede hacer eso. Tenemos que hablar.

Él no responde. Se acerca, siente cómo laten sus venas en las sienes, por un instante cree que va a vomitar, allí, a sus pies.

–No haga eso.

Un timbre anuncia la llegada del ascensor. Él entra en la cabina, pulsa el 0, se vuelve hacia ella. La mira fijamente a los ojos. Nunca ha visto una expresión de tal dureza en su rostro.

Las puertas se cierran. Ya no está allí.

–Ah, no, el señor Pelletier no volverá esta tarde, ni mañana. Se ha marchado cuatro días y volverá la semana próxima. ¿Qué puedo hacer por usted?

El perfume embriagador de Corinne Santos parece haber impregnado los muebles, la moqueta y cada centímetro cúbico de aire, como si ocupara ese despacho desde la noche de los tiempos. Sus gestos amanerados, su dicción algo afectada, las bolas de plástico rojo de su collar, todo en esa mujer le disgusta. Mathilde la odia. Y se reprocha odiarla tantísimo. Tener tantas ganas de rasgarle sus papeles, deshacerle el moño, escupirle en la cara. Le gustaría que Corinne Santos fuese más despreciable aún, que rebosara vulgaridad, que acumulase errores, meteduras de pata y equivocaciones, que demostrase una incompetencia espectacular, que la sorprendiesen junto a Jacques en una posición sospechosa de estar haciéndole una felación, que la noticia recorriese la empresa en dos horas, que se convirtiesen los dos en objeto de las murmuraciones más pérfidas. Le gustaría que Corinne Santos se desintegrase allí mismo, ante sus ojos, que se desinflase o se convirtiese en polvo.

Mathilde distingue su propio reflejo en el cristal. Rígido.

Ella es como él. Como todos ellos. Tan mediocre. Tan pequeña.

La empresa ha hecho de ella ese ser mezquino e injusto.

La empresa ha hecho de ella ese ser de rencor y amargura, ávido de represalias.

Ha salido del despacho de Corinne Santos sin añadir ni una palabra. Ha pasado por el cuarto de reprografía para coger un paquete de folios. Ha vuelto a su antro, ha roto el embalaje y cogido una hoja en blanco.

Arriba a la izquierda, ha escrito sus datos personales. A la derecha, el nombre de la empresa y el de Patricia Lethu:

***Objeto**: Carta de dimisión*
Entregada a la interesada con acuse de recibo.

Señora:

Por la presente, la informo de mi voluntad de dimitir del puesto de adjunta al director de marketing que ocupo desde el 7 de enero de 2001.

Teniendo en cuenta el contexto, le agradecería que me dispensara de efectuar mi preaviso.

Le agradezco de antemano que me informe lo antes posible de la fecha oficial de mi último día de trabajo.

Mathilde la arruga, la tira y vuelve a empezar:

***Objeto**: Carta de dimisión*

Señora:

Pongo fin a nuestra colaboración y le confirmo por la presente mi dimisión de su empresa. Me gustaría que mi dimisión sea efectiva a partir del 22 de mayo de 2009.

Quedo a su disposición para cualquier información adicional. Le ruego que acepte mis saludos.

Esa es la última cosa que debe hacer. Lo sabe.

Lo que hay que evitar a cualquier precio. Cueste lo que cueste.

El recurso al que nunca hay que rendirse, nunca.

Pero llega un momento en el que el precio se ha vuelto demasiado alto. Sobrepasa los recursos. Un momento en el que hay que salir del juego, aceptar que se ha perdido. Llega un momento en el que no se puede caer más bajo.

Está sentada. Extiende las piernas delante de ella.

Se acabó.

Tiene que levantarse, guardar sus cosas en el bolso, ponerse la chaqueta y dejar este despacho. Conseguir salir del edificio y caminar hasta la estación. Tiene que entregar la carta en mano a Patricia Lethu o detenerse en la oficina de Correos para enviarla certificada.

Por el momento, no se mueve. No puede moverse. Su cuerpo se ha ausentado unos segundos, está desconectado.

Cuando Patricia Lethu ha entrado en el despacho, Mathilde le ha entregado la carta, sin mediar una palabra. La responsable de recursos humanos ha abierto el sobre, parece conmocionada. Mathilde le ha pedido que firme bajo la fórmula «entregada en mano».

Ante el silencio de Patricia Lethu, Mathilde ha pensado que la compasión no tiene lugar hasta el momento en el que nos reconocemos en el otro, el momento en el que tomamos consciencia de que todo lo que concernía al otro podría pasarnos a nosotros, exactamente, con la misma violencia, con la misma brutalidad.

En esta consciencia de no estar al abrigo, de poder caer tan bajo –y solo así–, podría llegar la compasión. La compasión no es nada más que el miedo por uno mismo.

Al cabo de unos minutos, Patricia Lethu ha firmado allí donde Mathilde había puesto el dedo.

–Si mañana o más tarde quiere usted cambiar su decisión, actuaré como si nunca hubiera tenido esta carta entre las manos.

–Pero usted la ha tenido, y acaba de firmar que la ha recibido.

–Está usted agotada, Mathilde. Debe descansar. Encontraremos una solución. Hablaré con él. Espere al menos a que haya hablado con él.

–Necesito que tenga en cuenta esta carta, que la considere usted como definitiva e irrevocable.

–Si quiere... Volveremos a hablar. Está usted muy pálida, me gustaría que cogiese un taxi para volver a casa. Y que llame a SOS Médicos o a Urgencias Médicas. Tómese unos días de baja, una semana, está usted agotada.

–Voy a coger el tren.

–Coja un taxi y pida la factura. No está usted en condiciones de coger el transporte público.

–Cogeré el tren.

–De acuerdo, pero prométame llamar a un médico en cuanto llegue a casa. Mathilde, debe usted parar. Prométamelo. No va a aguantarlo.

–Llamaré a un médico.

Permanecieron las dos frente a frente en silencio. Mathilde no tenía fuerzas para levantarse, tenía que esperar a que su cuerpo se ajustase, a encontrar apoyo. Los despachos estaban medio vacíos, el ruido de alrededor se había atenuado.

Al cabo de unos minutos, Mathilde preguntó:

–¿Somos responsables de lo que nos pasa? ¿Lo que nos pasa es siempre algo que nos merecemos?

–¿Qué quiere usted decir?

–¿Cree usted que somos víctimas de algo así porque somos débiles, porque nos lo buscamos, porque, aunque parezca incomprensible, lo hemos elegido? ¿Cree que algunas personas, sin saberlo, se convierten ellas mismas en víctimas?

Patricia Lethu reflexionó un momento antes de responder.

–No lo creo, no. Creo que es su capacidad para resistir lo que la convierte en víctima. Hace treinta años que trabajo en la empresa, Mathilde, no es la primera vez que me enfrento a una situación de este tipo. No es usted responsable de lo que le pasa.

–Me voy a casa.

Patricia Lethu se levanta, sus brazaletes chocan entre sí produciendo un sonido de campanillas.

En el momento en que sale por la puerta, repite:

–Llame a un médico.

Ha entrado en el puente de Tolbiac. En medio, detenido por el semáforo, se ha girado para ver el río, el color metálico del agua, centelleante bajo la pálida luz. A lo lejos, la geometría de los demás puentes se dibujaba en formas redondas o alargadas, ligeras y puras hasta donde alcanzaba su mirada.

Había momentos como este, en los que la ciudad cortaba la respiración. En los que la ciudad daba sin pedir nada a cambio.

Minutos más tarde, sobre el muelle François Mauriac, ha pasado por delante del flamante edificio donde se le esperaba. La dirección era la de una consultoría internacional. A menos que aparcase en el garaje de la empresa, no tendría ninguna posibilidad de dejar el coche. Ha dado una vuelta, por si acaso, y después ha entrado en el túnel que bajaba al primer sótano. Ha explicado al guardia que era médico y que le habían llamado. El hombre se negaba a abrirle. No le habían avisado. Solo las visitas anunciadas y que dispongan de una plaza reservada con antelación tenían acceso al aparcamiento. Thibault se ha vuelto a explicar. No iba a tardar mucho, no había otro sitio donde aparcar en quinientos metros a la redonda. Se ha tomado la molestia de respirar tras cada frase para no enfadarse. El guardia se ha negado.

Entonces a Thibault le han entrado ganas de salir del coche, agarrarle por el cuello de la camisa y pulsar él mismo el botón. De pronto se ha visto haciendo eso, con exactitud: lanzar al hombre al centro de la rampa de cemento.

Ha cerrado los ojos, un segundo apenas, no se ha movido.

Ha parado el motor y ha exigido que el hombre llamase a su paciente, quien, afortunadamente, ha resultado ser uno de los directivos de la empresa.

Al cabo de diez minutos, cuando ya varios coches estaban bloqueados detrás de él, el hombre ha abierto por fin la barrera.

Thibault se ha presentado en recepción. La azafata le ha pedido que rellene un formulario de visitante y que deje un documento de identidad.

Como era muy guapa, no se ha enfadado.

Como él se ha dado cuenta de que era muy guapa, se ha dicho que no estaba muerto.

Mientras la joven notificaba al señor M. que su cita había llegado –como si Thibault fuese un proveedor cualquiera–, ha puesto el móvil en modo silencio. Con una sonrisa amable, la azafata le ha entregado una tarjeta en la que estaba inscrito su nombre.

Un hombre en traje oscuro le esperaba en un despacho inmenso cuyo mobiliario de diseño parecía recién desembalado. La tez pálida con ojeras, el hombre se ha adelantado para estrecharle la mano.

Thibault ha pensado que algunos hombres de su edad tienen peor aspecto que él. Resulta tranquilizador.

–Buenas tardes, doctor. Siéntese.

El hombre le ha hecho un gesto para que tomara asiento en un sillón de cuero negro, Thibault ha permanecido de pie.

–Tengo un dolor de anginas muy doloroso desde ayer, necesitaría antibióticos. Soporto muy bien la amoxicilina, también la azitromicina, como usted quiera.

Ejecutivos desbordados que llaman a Urgencias Médicas desde su lugar de trabajo para no perder un minuto tiene todas las semanas. Los mismos se suman al desarrollo actual de su oficio, como también ha advertido un aumento incesante de patologías ligadas al estrés: lumbalgias, cervicalgias, problemas gástricos, intestinales y otros desórdenes músculoesqueléticos. Los conoce de memoria, a los sobreadaptados, a los productivos, a los competitivos. A los que no se detienen nunca. Conoce también el otro lado, la otra cara de la moneda, el momento en que se desinflan o se ponen de rodillas, el momento en que algo que no habían previsto se insinúa o algo que han dejado de controlar se dispara, ese momento en el que pasan al otro lado. También los visita todas las semanas, hombres y mujeres agotados, enganchados a somníferos, fundidos como una bombilla, secos como una batería. Hombres y mujeres que llaman un lunes por la mañana porque no pueden más.

Sabe lo tenue, lo frágil que puede ser la frontera entre los dos estados y que se pasa de uno a otro más rápido de lo que ellos creen.

Él está dispuesto a adaptarse. A hacer un esfuerzo.

Él está dispuesto a perder diez minutos hablando con un guardia obtuso para entrar en un aparcamiento y otros diez minutos para que le hagan una tarjeta de plástico que no se va a poner.

Pero no soporta que le dicten las recetas.

–Si me lo permite, voy a auscultarle.

El hombre no puede reprimir un suspiro.

–Escuche, doctor, ya he sufrido anginas unas cuantas veces y mi próxima reunión empieza dentro de cuatro minutos.

Thibault se esfuerza por mantener la calma, pero su voz, él mismo lo nota, traiciona su irritación:

–Señor, la mayoría de las anginas son de origen viral. Los antibióticos son inútiles. Y no creo que le cuente nada nuevo si le digo que el uso abusivo de antibióticos genera resistencias que plantean graves problemas de salud individual y pública.

–Me importa un rábano. Necesito estar curado en veinticuatro horas.

–No se curará antes con un tratamiento inadecuado.

No ha podido evitar alzar el tono.

La última vez que negó antibióticos a un paciente, el tío tiró su maletín por la ventana.

Thibault mira a su alrededor. En este, como es un edificio climatizado, las ventanas no se abren.

¿Por qué ese hombre le resulta tan antipático? ¿Por qué

ese hombre le provoca querer ser el más fuerte, tener la última palabra, por qué desea ver doblegarse a ese hombre?

A eso se ve reducido a las seis de la tarde: a un exceso de testosterona, a un arranque de gallito.

El hombre se enfrenta a él, le desafía:

–¿Cuánto le debo?

–Treinta y cuatro euros.

–Es un poco caro por una consulta de tres minutos sin receta.

–Escuche, señor, no le extenderé ninguna receta sin haberle auscultado.

El señor M. no está acostumbrado a rendirse. Firma un cheque que deja caer sobre la moqueta, a los pies de Thibault.

Sin dejar de mirarle, Thibault se agacha y lo recoge.

Mientras se dirige al ascensor, piensa: Ojalá reviente.

Buscó en internet el teléfono de Urgencias Médicas. Tiene pensado llamar antes de marcharse para pedir que vaya un médico a su casa después de las siete.

Marcó el número. En el momento en el que respondió la telefonista, Éric pasó por delante de su puerta. Mathilde temió que oyera su conversación desde los servicios. Colgó.

Esperó un poco. Cuando marcó otra vez el número, sonó su móvil. Colgó por un lado y descolgó por otro. Estaba cansada. Una operadora de Bouygues Télécom quería saber las razones por las que había cambiado de operador hacía un año. Ya no lo recordaba. La operadora quería saber hasta qué fecha se había comprometido Mathilde con su nuevo operador y con qué condiciones podría volver a ser cliente de Bouygues Télécom. En el momento en que la operadora se disponía a explicarle las diferentes ofertas entre las cuales debía elegir la que le resultara más atrayente, Mathilde se echó a llorar.

Émilie Dupont leyó a toda velocidad su ficha n.º 12, según la cual Bouygues Télécom agradecía a Mathilde su amable participación y la volvería a llamar para proponerle nuevas ofertas en un momento más oportuno.

Llovía cuando Mathilde salió del edificio, una lluvia fina manchada por la proximidad de las fábricas, una lluvia grasienta, una lluvia cargada de las secreciones del mundo, pensó, la acera desaparecía bajo sus pies por tramos o quizá sus piernas cedieran bajo el peso de la renuncia. Era un hundimiento hacia el suelo, imperceptible, como si su cuerpo ya no supiese cómo mantenerse en pie. Por un momento pensó que se derrumbaría allí, sobre el asfalto, por una especie de cortocircuito, pero no.

Recordó la canción, esa que tanto les gustaba a Philippe y a ella: *On and on the rain will fall, like tears from a star, on and on the rain will say how fragile we are, how fragile we are.* Pensó que era una silueta gris entre un millón deslizándose sobre el pavimento, pensó que caminaba lentamente. Antaño, habría corrido hasta la estación, incluso con diez centímetros de tacón. Antaño, habría calculado que, dándose prisa, podría atrapar el VOVA de las 18.40.

La cafetería estaba cerrada, desde el exterior podían distinguirse la barra lisa y vacía y algunas sillas vueltas sobre las mesas. Se preguntó si Bernard no se habría ido de vacaciones. Todo parecía tan limpio... Le había visto esa misma mañana y a la hora de comer, quizá él se lo hubiese comentado y ella no le había escuchado.

En ese mismo momento, un hombre se dirigió hacia ella, descendió de su escúter, se quitó el casco y la miró. Quería invitarla a una copa o a un café, insistió, dijo: «Por favor, es usted maravillosa.»

De pronto Mathilde sintió ganas de llorar, de llorar mucho, sin ningún reparo, delante de ese hombre para que supiese que no, que no tenía nada de maravilloso, al contrario, que no era más que un deshecho, una pieza estropeada rechazada por el conjunto, un residuo. Volvió a insistir, su silueta, su cabello, me gustaría tanto invitarla a una copa...

El hombre era guapo, sonreía.

Ella dijo: «No estoy muy animada en este momento»; él respondió: «Precisamente por eso. Le sentará bien, se distraerá.»

Ella continuaba avanzando y él la seguía. Por fin le dio su tarjeta: «Llámeme otro día, cuando quiera, ya la he visto antes, sé que trabaja usted por aquí, llámeme, ahí tiene todos mis números.»

Ella se metió la tarjeta en el bolsillo, hizo un esfuerzo por sonreírle, y lo dejó allí. Él sostenía el casco en la mano, se quedó mirando cómo ella se alejaba.

Después de la muerte de Philippe, ha estado con otros hombres. Pocos. Quizá solo se ama una vez. *Eso no se recarga.* Había leído esa frase en un libro, hacía mucho tiempo, apenas se había detenido en ella. Un eco lejano. Pero la frase había vuelto cada vez que había acabado dejando a los hombres que había creído amar. Desde hace diez años, ha tenido *historias,* al margen de su vida, justo en el borde, dejando aparte a sus hijos. Y esas historias, en el fondo, le dan igual. Cada vez que se hablaba de juntar los muebles y el tiempo, de seguir una misma trayectoria, se había marchado. Ya no puede más. Quizá eso solo existiera por la inconsciencia de sus veinte años, vivir juntos, en el mismo sitio, respirar el mismo aire, compartir todos los días la misma cama, el mismo cuarto de baño, quizá eso solo suceda una vez, sí, y después nada de esa índole sea posible, ni pueda volver a empezar.

Mathilde entra en la estación, levanta la vista hacia el panel electrónico. Acaba de perder el tren. El siguiente ha sido suspendido.

Del conjunto de líneas de la red metropolitana, la línea D de cercanías probablemente ostente el récord de averías técnicas, de huelgas, de viajeros locos, de litros de orina, de anuncios incomprensibles, de informaciones erróneas.

Va a tener que esperar media hora. De pie.

Sube las escaleras hasta la vía B.

Desde hace varios meses, la sala de espera ha desaparecido. En el suelo se distinguen aún las huellas de su emplazamiento.

La compañía de ferrocarriles, la SNCF, ha suprimido todas las marquesinas de la red de Île-de-France para evitar que sirvan de refugio a los sin techo. Eso le han contado.

Un poco más lejos en el andén, al principio del invierno, han instalado una especie de tostadora gigante. Sus resistencias rojas, ardientes, emiten un calor que alcanza un metro a la redonda. En épocas de frío, los viajeros se aglutinan allí, extienden sus manos para calentarse. En esa tarde de primavera, por una especie de extraño condicionamiento, se han reunido alrededor del aparato a pesar de estar apagado.

Acaba de presentar su dimisión. No siente ni arrepentimiento ni alivio. Quizá una sensación de vacío.

Mathilde se mantiene alejada, observa a la gente, la fatiga en sus rostros, ese aspecto contrariado, esa amargura en sus labios. El FOVA ha sido suprimido, va a tener que esperar. Siente compartir con ellos algo que otros ignoran. Casi todas las tardes, hombro con hombro, esperan trenes con nombres absurdos, pero eso no los une, no crea ningún lazo entre ellos.

Mathilde saca la tarjeta que el hombre le ha entregado hace un rato. Se llama Sylvain Bourdin. Es comercial. Trabaja para la compañía Pest-Control. Bajo el logo, en cursiva, se precisa la misión de la empresa: «Erradicación de plagas: cucarachas, polillas, ratones, ratas, palomas. Desinsectación, desinfección.»

Mathilde siente la risa en el interior de su vientre, como una onda. Se extingue inmediatamente. Si no estuviese tan cansada, se echaría a reír, se reiría a carcajadas. El hombre del 20 de mayo es un exterminador profesional que termina con las plagas.

Ella no le ha reconocido, ha pasado a su lado, ha rechazado tomar una copa, no se ha detenido.

No es tan sencillo. Cada vez que entra en el coche, el perfume de Lila le retuerce el estómago y, a pesar de que esta mañana ha decidido dejar las ventanillas entreabiertas, cuando se inclina sobre el asiento del acompañante, el perfume es más fuerte aún, está incrustado.

Mandará limpiar el interior del coche. El próximo fin de semana.

Recuerda esa noche en la que acudió a casa de Lila muy tarde, le había llamado hacia la medianoche y le había pedido que fuese en ese momento. En cuanto él entró, ella había empezado a desnudarle, habían hecho el amor sin hablar. Y después se habían tendido en la cama, el uno al lado del otro. En la oscuridad, la palidez de su cuerpo parecía fosforescente. La respiración de Lila se había calmado, poco a poco, creyó que dormía. Una vez más, se había sentido despojado, desparramado. Solo.

Y después, por un extraño instinto, en el silencio, él le había tocado su rostro. Su rostro estaba inundado de lágrimas. Sobre las sábanas él le había cogido la mano.

No sabía amarla. No sabía hacerla reír, hacerla feliz.

Él la amaba con sus dudas, su desesperanza, la amaba desde lo más sombrío de sí, en el corazón de sus líneas de falla, en el pulso de sus propias heridas.

La amaba con miedo a perderla, continuamente.

El mensaje de la central hablaba de signos neurológicos ligeros en una paciente de treinta y dos años. El aviso estaba clasificado como urgencia media.

Thibault no sabía exactamente dónde se encontraba esa calle, sacó su plano de la guantera. Eran las ocho y treinta y cinco de la tarde, con un poco de suerte sería su última cita. Tardó casi veinticinco minutos en llegar. Delante del edificio, se quedó libre una plaza de aparcamiento de carga y descarga justo en el momento en que llegaba.

Tomó el ascensor y caminó junto a las paredes de gotelé de un pasillo interminable. Entre la decena de puertas de la planta buscó el número del apartamento. Llamó.

La joven está sentada frente a él. Observa sus largas piernas, esa forma extraña que tiene de mantenerse sobre la silla, apoyada sobre un solo lado, sus pecas y algunos mechones que se le escapan del moño. Es guapa, con una belleza singular, que le conmueve.

Se lo cuenta todo. Desde el principio.

Hace unos días, cuando estaba trabajando con su ordenador, la mano dejó de responderle, de golpe. Su mano estaba apoyada en el ratón, no podía cogerlo ni moverlo. Después se recuperó. Avanzada la tarde, todavía trabajando, un velo negro oscureció su visión. Durante varios segundos, dejó de ver completamente. No se inquietó. Lo atribuyó todo al cansancio. Dos días más tarde, tropezó en un escalón, exactamente como si su cuerpo, durante una fracción de segundo, se hubiese desconectado de su cerebro.

Y finalmente esta mañana se le ha caído la cafetera a los pies, sin saber por qué: la sostenía con la mano izquierda y la ha soltado. Entonces ha llamado.

No tiene médico de familia, nunca está enferma.

Se mantiene expectante frente a él, con las manos juntas sobre la mesa. Le pregunta si es grave. Y después precisa:

–Quiero saber exactamente lo que piensa.

Thibault le ha hecho un examen neurológico completo.

Debe convencerla de que se haga, lo antes posible, exámenes más profundos. Debe convencerla sin asustarla. Esa mujer tiene treinta y dos años y presenta los primeros síntomas de una esclerosis múltiple o de un tumor cerebral. Eso es lo que piensa.

–Es demasiado pronto para decirlo, pero debe tomarse esos síntomas muy en serio. Como su estado parece haber vuelto a la normalidad, no pediré una hospitalización, pero mañana mismo debe pedir cita para hacerse las pruebas que voy a prescribirle. Llamaré yo mismo al hospital para que sea usted atendida lo más rápidamente posible. Y si algo nuevo ocurre antes de que le hagan todas las pruebas, debe ir a urgencias.

Ella no insiste. Le mira y sonríe.

Tiene ganas de acercarse a ella, de tomarla entre sus brazos. De arrullarla y decirle que no se preocupe.

Tiene ganas de acariciar su mejilla, su pelo. De decirle que él está allí, con ella, que no la abandonará.

Ha visto centenares de pacientes con enfermedades graves. Sabe los vuelcos que da la vida, a qué velocidad, conoce las sobredosis, las crisis cardiacas, los cánceres fulminantes y las cifras constantes de suicidios. Sabe que se puede morir con treinta años.

Pero esa tarde, frente a esa mujer, eso le parece insoportable.

Esa tarde tiene la impresión de haber perdido la capa de protección, esa distancia invisible sin la que es imposible ejercer su profesión. Algo le falta, algo está ausente.

Esa tarde está desnudo.

Busca el interruptor del pasillo, enciende la luz.

La joven se despide de nuevo, le da las gracias. Cierra la puerta tras él.

Se sienta en el coche. No es capaz de arrancar.

Durante mucho tiempo, sin creer en Dios, ha buscado en la enfermedad una razón superior. Algo que le diese sentido.

Algo que justificara el miedo, el sufrimiento, la carne doliente, abierta, las horas inmóviles.

Ahora ya no lo busca. Sabe hasta qué punto la enfermedad es ciega y vana. Conoce la fragilidad universal de los cuerpos.

Y contra eso, en el fondo, no puede hacer nada.

Tiene ganas de fumarse un cigarrillo, por primera vez desde hace mucho tiempo. Tiene ganas de sentir cómo el humo le arrasa la garganta, los pulmones, invade su cuerpo, le anestesia.

Ve una tarjeta colocada sobre su parabrisas.

Sale del coche, la coge. Se vuelve a sentar para leerla:

> Señor Salif, médium, resuelve en cuarenta y ocho horas sus problemas más desesperados. Si su compañero/a le ha abandonado, correrá detrás de usted como un perro tras su amo. Retorno inmediato del ser amado. Afecto reencontrado. Rompo hechizos. Suerte. Trabajo. Potencia sexual. Éxito en todos los campos. Exámenes, carné de conducir.

Siente la risa en el interior de su vientre, como una onda. Se extingue inmediatamente. Si no estuviese tan cansado, se echaría a reír, reiría a carcajadas. Thibault tira la tarjeta por la ventanilla. Le importan un rábano la ciudad y su suciedad. Hoy, sin escrúpulo alguno, podría vaciar sobre el asfalto todos los papeles arrugados y paquetes vacíos que cubren el suelo de su coche desde hace semanas. Podría escupir en el suelo, dejar el motor en marcha durante horas. Le da igual.

La central le llama para preguntarle si puede ir a la comisaría del distrito trece por una detención. Se trata de un menor, la policía espera desde hace dos horas a un médico para que extienda el certificado.

Se niega.

No tiene ninguna gana de ir a examinar a un chaval de dieciséis años que acaba de atacar a otro con arma blanca para certificar que su estado de salud les permite mantenerlo detenido en la comisaría de la policía.

Ya no puede más.

Recuerda, al principio, ese tiempo que se pasaba en la ventana, mirando a la gente, esas horas atento en los cafés, cuando comía solo, escuchando a los demás, adivinando sus vidas.

Le gustaba la ciudad, esa superposición de relatos, esas siluetas multiplicadas hasta el infinito, esos rostros innumerables. Le gustaban la efervescencia, los destinos cruzados, la suma de posibilidades.

Le gustaba ese momento en que la ciudad se calma y el extraño gemido del asfalto, cuando caía la noche, como si la calle expresara su violencia contenida, su exceso de afectos.

Le parecía por aquel entonces que no había nada más hermoso, más vertiginoso que ese número.

Hoy en día visita a tres mil pacientes al año, conoce sus irritaciones, sus toses flemosas y sus toses secas, sus adicciones, sus migrañas y sus insomnios. Conoce su soledad.

Ahora sabe lo brutal que es la ciudad y el alto precio que obliga a pagar a aquellos que pretenden sobrevivir en ella.

Y, aun así, por nada del mundo se marcharía de allí.

Tiene cuarenta y tres años. Se pasa una tercera parte de su vida en el coche buscando un sitio donde aparcar o atrapado detrás de furgonetas de reparto. Vive en un amplio apartamento situado en la plaza de Ternes. Siempre ha vivido solo, salvo unos meses pasados en un piso compartido, cuando era estudiante, pero ha conocido a bastantes mujeres y algunas le han amado. No ha sabido sentar la cabeza, detener el movimiento.

Ha dejado a Lila, lo ha hecho.

No se puede obligar a los demás a amarte. Eso es lo que se repite a sí mismo, para asentar su propia renuncia.

En otro tiempo, quizá habría luchado.

Pero ya no. Está demasiado cansado.

Llega un momento en que el precio se ha vuelto demasiado alto. Se ve superado. Un momento en el que hay que salir del juego, aceptar que se ha perdido. Llega un momento en que no se puede caer más bajo.

Va a volver a casa.

Va a recoger el correo de su buzón, subir los cinco pisos a pie, dejar su maletín en la entrada. Va a prepararse un gin-tonic y a poner un cedé.

Va a ser consciente de la importancia exacta de lo que ha hecho. Va a poder llorar, en el caso de que aún sea capaz de hacerlo. Sonarse fuerte la nariz, ahogar su pena en alcohol, dejar caer sus zapatos sobre la alfombra de Ikea, ceder a la caricatura, hundirse en ella.

Mientras una voz pedía a los pasajeros que se alejaran del borde del andén, el tren ha entrado en la estación lentamente. Mathilde ha montado en el segundo vagón para así bajar al lado de las escaleras mecánicas cuando llegue a Gare de Lyon.

Con la frente pegada al cristal, ha visto desfilar los edificios que bordean las vías, las cortinas entreabiertas, calzoncillos al viento, macetas en equilibrio, un tractor de juguete abandonado en un balcón, esas vidas minúsculas, multiplicadas, innumerables. Más lejos, los raíles cruzan el Sena, distingue un hotel chino en forma de pagoda y el humo de las fábricas de Vitry.

En el tren de vuelta, los pasajeros hacen balance de su jornada, suspiran, se relajan, se lamentan, intercambian algunos cotilleos. Cuando la información es íntima, se inclinan hacia el otro, bajan un tono, a veces ríen.

Cierra los ojos. Escucha las conversaciones a su alrededor, escucha sin ver, con los párpados cerrados. Recuerda esas horas que pasaba tumbada en la playa, cuando era niña, sin moverse, arrullada por los gritos agudos y el ruido del oleaje y esas voces sin rostro, envolviéndola: «No dejéis los bañadores mojados en la arena, Martine, ponte el sombrero, quédate a la sombra, venid a buscar los bocadillos, quién ha dejado la nevera abierta.»

Antes solía leer durante el trayecto, pero desde hace varias semanas no es capaz de hacerlo, las líneas se borran, se entremezclan, no consigue concentrarse. Permanece así, con los ojos cerrados, a la espera de que los miembros se le relajen y la tensión se calme, poco a poco.

Pero hoy no. No lo logra. Algo resiste, en lo más profundo, lo siente, no puede soltarlo. Una cólera de la que su cuerpo no consigue deshacerse, algo que se infla en su interior.

–¿No la conoces? Pues es una crema archiconocida en el mundo del bronceado.

El hombre se parte de risa. Mathilde ha abierto los ojos, varios rostros se han vuelto hacia él. Sentada en el asiento de enfrente, la chica ha respondido con la cabeza, no, no conocía esa crema, por muy increíble que pudiese parecer. Los dos tienen la tez bronceada, tirando a naranja, Mathilde supone que deben de trabajar en un centro de rayos UVA.

Eso existe. Esos dos trabajan en el *mundo del bronceado.* Otros en el mundo de la noche, de la restauración, en el mundo de la moda o de la televisión. O incluso de los acondicionadores de pelo.

¿En qué mundo trabajan los enterradores?

¿Y ella? ¿A qué mundo pertenece ella? ¿Al mundo de los cobardes, de los sumisos, de los dimisionarios?

En el túnel que precede a la llegada a Gare de Lyon, el tren se ha parado. Las luces se han apagado, después ha cesado el ruido del motor y el silencio ha caído de golpe. Mathilde mira a su alrededor, sus ojos se esfuerzan por acostumbrarse a la oscuridad. Ya nadie habla, hasta el hombre naranja se ha callado. La gente parece en guardia, las pupilas brillan en la oscuridad.

Está atrapada en medio de un túnel, encerrada en la parte inferior de un vagón de dos pisos, respira un aire húmedo, saturado de óxido de carbono, está demasiado oscuro para distinguir en el rostro de los demás esa expresión de confianza que quizá la tranquilizaría. Las conversaciones tardan en retomarse.

De pronto, siente que están allí reunidos ante la inminencia de un drama. Han sido escogidos al azar, esta vez es su turno. Algo malo va a pasar.

Nunca ha tenido miedo en el tren, ni siquiera de noche, ni siquiera cuando tiene que volver pasadas las nueve, cuando los trenes están casi vacíos. Pero hoy algo flota en el aire, algo que oprime su pecho, pero quizá sea ella la que no está bien, la que pierde pie.

Está en peligro, lo siente, un peligro inmenso del que ignora si está en su interior o en el exterior, un peligro que le corta la respiración.

Diez minutos más tarde, un anuncio informa a los viajeros de que el tren se ha detenido en medio de la vía. Por si no se habían dado cuenta. El conductor les ruega que no intenten abrir las puertas.

La luz vuelve a encenderse.

El hombre del centro de bronceado retoma la conversación. A su alrededor se propaga una onda de alivio.
Por fin, el tren arranca, saludado por un «ah» general.

En Gare de Lyon, Mathilde baja, hace el mismo camino que por la mañana pero en sentido inverso.
En la interconexión, intenta acelerar el paso, seguir el flujo.
No puede, va demasiado deprisa.
Bajo tierra, las reglas de circulación están inspiradas en el código automovilístico: se adelanta por la izquierda y los vehículos lentos deben mantenerse en el lado derecho. Bajo tierra, existen dos categorías de viajeros. Los primeros siguen su línea como si estuviese trazada sobre el vacío, su trayectoria obedece a reglas precisas a las que no renuncian nunca. En virtud de una sabia economía de tiempo y de medios, sus desplazamientos están definidos metro a metro, se los reconoce por la velocidad de sus pasos, su forma de tomar los giros y por su mirada, que nadie puede sostener. Los demás se retrasan, se paran en seco, se dejan llevar, se escapan por la tangente sin avisar. La incoherencia de su trayectoria amenaza el conjunto. Interrumpen el flujo, desequilibran la masa. Son los turistas, los minusválidos, los débiles. Si no se echan a un lado ellos mismos, el rebaño se encarga de excluirlos.
Así que Mathilde permanece a la derecha, pegada a la pared, se retira para no molestar.

En las escaleras, se agarra al pasamanos.

De pronto, siente de nuevo ganas de gritar. Gritar hasta romperse la garganta, gritar hasta tapar el ruido de las conversaciones. Gritar tan fuerte que se haga el silencio, que todo se interrumpa, se detenga. Le gustaría gritar salid de aquí, mirad en lo que os habéis convertido, en lo que nos hemos convertido, mirad vuestras manos sucias y vuestros rostros pálidos, mirad los inmundos insectos que somos, arrastrándonos bajo el suelo, repitiendo todos los días los mismos gestos bajo la luz de los neones, vuestro cuerpo no está hecho para eso, vuestro cuerpo debe estar libre y en movimiento.

Mathilde atraviesa los torniquetes que indican la entrada al metro.

En el cruce de varias líneas, reina la anarquía. A falta de señales en el suelo, hay que atravesar el flujo, trazar el camino.

Hay quienes se apartan para evitar la colisión de cuerpos y quienes consideran, en virtud de una incomprensible prioridad, que son los demás quienes deben apartarse.

Esa tarde, Mathilde se dirige al andén con una mirada fija y herida.

Esa tarde siente que toda la superficie de su piel se ha hecho permeable. Es una antena móvil ligada a la agresividad ambiente, una antena flexible doblada en dos.

Si mirara el reloj sabría cuánto tiempo lleva allí, encerrado en su coche, atrapado detrás de un cuatro por cuatro de cristales ahumados. Si mirara el reloj, se echaría a llorar.

Está atascado, bloqueado, paralizado. Delante, detrás, por todas partes.

De vez en cuando, un concierto de cláxones tapa el sonido de su lector de cedés.

Los coches están parados hasta donde se pierde la vista. Las tiendas bajan sus persianas metálicas, algunos edificios empiezan a iluminarse. En las ventanas, siluetas furtivas constatan la amplitud de los daños.

En el coche delante de él, el conductor ha apagado el motor. Ha salido del coche, fuma un cigarrillo. Thibault apoya la frente en el volante, unos segundos. Nunca había visto algo así.

Podría encender la radio, escuchar las noticias, sin duda se enteraría de la razón de semejante parálisis.

Le resbala.

La ciudad se ha cerrado sobre él como unas fauces.

El hombre vuelve a montar en el coche, avanza unos metros. Thibault levanta el pie del pedal del freno, se deja deslizar.

Es entonces cuando descubre un sitio, casi un sitio, al lado derecho. Un hueco en el que podría aparcar.

Tiene que salir de este puto coche.

Va a dejarlo allí, va a bajar al metro. Volverá a buscarlo mañana.

Lo intenta varias veces, adelante, atrás, acaba metiéndolo, con una rueda sobre la acera. Recoge su maletín, su impermeable y cierra la puerta.

Camina hasta la estación más cercana. Baja las escaleras y consulta el plano de las líneas, determina el trayecto más corto para volver a su casa. Compra un billete en la taquilla, toma las escaleras hasta el andén.

Se acerca a las vías, deja su maletín en el suelo.

Espera de pie.

Ante él, los anuncios muestran la iluminación propia de los veranos. Ante él, los anuncios exhiben sus pareos, sus playas doradas y sus mares color turquesa.

La ciudad que tritura a sus habitantes los invita a relajarse.

En el andén Mathilde se ha parado delante de la máquina de golosinas, la pantalla electrónica anunciaba el siguiente convoy dentro de cuatro minutos.

Ha pensado que si se sentaba, ya no podría levantarse.

Ha mirado el cuerpo de las mujeres, sus interminables piernas, lisas y bronceadas, las cremas solares y las botellas de agua mineral. Y después los anuncios se han mezclado, confundidos en un solo lienzo, móvil, un caleidoscopio de colores brillantes que giraba a su alrededor. Ha sentido cómo su cuerpo se balanceaba, ha cerrado los ojos.

Más tarde, a medida que el andén se llenaba, un velo ha recubierto el conjunto de la estación, un velo de tul oscuro que reducía la intensidad luminosa.

La gente se le ha difuminado, sentía su presencia, percibía sus desplazamientos, pero ya no distinguía sus rostros.

Sus piernas le fallaban bajo su peso, muy suavemente. Llevaba la carta del Defensor del Alba de Plata en la mano derecha, sintió estar apoyándose en él, que él la sostenía.

Los demás hablaban entre ellos, chillaban al teléfono, escuchaban música en cascos sin aislamiento.

El ruido de la gente se ha amplificado. El ruido de la gente se ha hecho insoportable.

Mathilde se ha acercado a las vías para ver llegar el metro, se ha inclinado del lado izquierdo, ha buscado en la oscuridad del túnel. A lo lejos, ha creído distinguir los dos faros de la locomotora.

Ha golpeado algo, un bolso o una maleta.

El hombre ha dicho: «Joder, fíjese por dónde va.»

Cuando se ha agachado a recoger lo que parecía un maletín de médico, Mathilde se ha fijado en su mano izquierda. Solo tenía tres dedos.

Ha pasado delante de él, ha sentido la mirada del hombre seguir sus gestos, fijarse en su espalda. No ha tenido el valor de hacer frente a esa mirada, ni a nada de lo que pasa a su alrededor, todo su cuerpo estaba ocupado en mantenerse de pie.

El metro ha entrado en la estación, el aire caliente que ha levantado el convoy le ha acariciado el rostro, ha cerrado los ojos para evitar el polvo, apenas un segundo.

Se ha apartado para esperar que las puertas se abran, ha dejado descender al flujo de gente.

Ha montado en un vagón en el centro del convoy, se ha dejado caer en un asiento plegable. Ha empezado el balanceo, sentía náuseas.

El hombre del maletín está ahora sentado frente a ella, mirándola.

Algunas siluetas, por ser más alargadas o más frágiles, atraen la mirada. La mujer era rubia, llevaba un gran abrigo negro. Se ha fijado en ella enseguida. Estaba demasiado cerca del borde, inestable, con una especie de tambaleo que la gente de su alrededor no parecía percibir, pero él sí. Avanzaba hacia él, ha estado a punto de decirle que se apartase, que estaba demasiado cerca de las vías.

La mujer ha tropezado con su maletín, luego se ha alejado sin pedir perdón. Él ha dicho mierda o joder o quizá otra cosa, igual de mezquina. Palabras que no le pertenecían. El cansancio había bastado para hacer de él ese ser a flor de piel cuya violencia, contenida durante demasiado tiempo, podía surgir en cualquier momento.

Cuando ha llegado el metro, Thibault se ha sentado frente a ella para continuar observándola. No habría sabido explicar por qué esa mujer atrae tanto su atención. Ni por qué siente ganas de hablar con ella.

La mujer rehúye su mirada. Le parece que estaba palideciendo, se ha incorporado para agarrarse a la barra. Una decena de viajeros ha subido en la siguiente estación, ha tenido que plegar su asiento. Ha continuado mirándola y después se ha dicho que no podía mirar con tanta insistencia a una mujer.

Ha sacado el móvil de su bolsillo y ha vuelto a comprobar que no tenía mensajes.

Durante unos minutos, ha bajado la mirada. Ha pensado en su apartamento, en el calor del alcohol que pronto invadiría sus miembros, en el baño que se dará un poco más tarde. Ha pensado que no puede dar marcha atrás. Había dejado a Lila. Lo había hecho.

Y después ha buscado de nuevo a esa mujer, por encima de los cuerpos amontonados, sus ojos febriles, su pelo rubio. Esta vez, sus miradas se han encontrado. Unos segundos después cree ver que el rostro de esa mujer cambia y, de forma imperceptible, a pesar de no haberse movido absolutamente nada, cambia adoptando un gesto de sorpresa o abandono, no sabría decirlo.

Siente que esa mujer y él comparten el mismo agotamiento, una ausencia de sí mismos que proyecta el cuerpo hacia el suelo. Siente que esa mujer y él comparten muchas cosas. Es absurdo y pueril, él ha bajado la mirada.

Cuando las puertas se abren de nuevo, la mayoría de los viajeros baja. Entre la masa compacta, ha buscado su silueta.

El metro se ha puesto en marcha, la mujer ha desaparecido.

Durante unos segundos, ha cerrado los ojos.

El convoy ha vuelto a reducir su velocidad, Thibault se ha levantado. En el suelo, algo brillaba. Ha recogido una carta de un juego con un nombre extraño, la ha sostenido unos segundos en su mano.

Las puertas se han abierto, ha bajado del metro. Ha tirado la carta en la primera papelera que ha visto y después se ha dirigido hacia la escalera para tomar el pasillo de correspondencia.

Llevado por aquel flujo denso y desordenado, ha pensado que la ciudad impondrá siempre su cadencia, su prisa y sus horas punta, que continuará ignorando esos millones de trayectorias solitarias, en cuya intersección no hay nada, nada más que el vacío o, a veces, una chispa que se apaga inmediatamente.

AGRADECIMIENTOS

A Karina Hocine, por su confianza.

A Laurent Chaine, Dominique Copin, Lorette Pierret, Simone Radenne, Albert Servadio y Thierry Verrier.